新　贵

周婉京　著

山东画报出版社

图书在版编目（CIP）数据

新贵 / 周婉京著. -- 济南: 山东画报出版社, 2021.8
ISBN 978-7-5474-3922-7

Ⅰ.①新… Ⅱ.①周… Ⅲ.①中篇小说 – 小说集 – 中国 – 当
代②短篇小说 – 小说集 – 中国 – 当代 Ⅳ.①I247.7

中国版本图书馆CIP数据核字(2021)第113964号

XIN GUI

新贵

周婉京　著

责任编辑　刘　丛
装帧设计　王　芳

出 版 人　李文波
主管单位　山东出版传媒股份有限公司
出版发行　山东画报出版社
　　　　　　社　　　址　济南市市中区英雄山路189号B座　邮编 250002
　　　　　　电　　　话　总编室（0531）82098472
　　　　　　　　　　　　市场部（0531）82098479　82098476（传真）
　　　　　　网　　　址　http://www.hbcbs.com.cn
　　　　　　电子信箱　hbcb@sdpress.com.cn
印　　刷　山东临沂新华印刷物流集团有限责任公司
规　　格　140毫米×203毫米　1/32
　　　　　　9印张　8幅图片　140千字
版　　次　2021年8月第1版
印　　次　2021年8月第1次印刷
书　　号　ISBN 978-7-5474-3922-7
定　　价　59.00元

如有印装质量问题，请与出版社总编室联系更换。
建议图书分类：小说。

献给我的祖辈

序

挣扎的新贵

李白这个名字令我深感困扰。

在婉京的这本小说中，他是主人公，一个人自我变形的象征。这个原本的江苏沛县李老爹之子，在北京读大学、娶北京老婆、搬进北京最贵的别墅区，他一路洗脱过去，包括原本的名字李丰收。

李白这个新名字，象征了他的新生活，一种与过去一刀两断的新生活。他几乎要成功了，以至于他的朋友、父亲再以这个名字称呼他时，他先是愕然，紧接着是愤怒。

旧名字意味着身份的暴露，在小说后半段李白再次与暗恋对象许梦娜相遇时出现。揭露他身份的不是别人，正是他最好的朋友、他的发小王寅。有趣的是，无论是李白还是王寅，这两个名字在现实世界里都是诗人的名字。这两个"诗人"在书中都是脆弱的、无助的，充斥着人性的矛盾和弱点。相比之下，书中真正的诗人——长脸，却是一个没有任何希望的理想主义者。

名字过分强烈的象征意味，令阅读经常脱轨，也让人物过分符号化，似乎他们是完成某种思想需求，而非遵循个人的性格、情感逻辑。

我与婉京相识多年。从湾仔的茶餐厅到北京的四川会馆，以及东三环旁的酒吧，我们都有过即兴的交流。她在两个世界中穿梭，一方是当代艺术批评、技术哲学这样的理论世界，另一方则是一个更绵密、更细腻的小说世界。她在前者展现自己的智性训练，在后者编织、释放感受与情欲。她写得快且多，有时，我担心因为大脑过分高速地运转，她的头发会突然烧起来。

这两个世界充盈她，也撕裂她。这两个世界并非泾渭分明，它们彼此渗透，制造冲突。这本小说也是这种渗透与冲突的产物。

婉京试图描绘一种新型人群。在他们身上体现了中国社会浓缩的巨变，一个苏北乡下孩子，挤入红城别墅、荒木经惟与伦敦的禅学戏剧的世界，在他们外表的游刃有余之下，是慌乱与粗陋。这巨变中的个体，曾是小说世界最重要的主人公，从巴尔扎克、司汤达笔下人物，到张恨水的现代青年，他们雄心勃勃、欲望高涨、自我摧毁，最终总是不敌时代。

这群新贵更显苍白，他们的旧生活与新身份，都显得过分单薄，他们的得意与欲望，恐慌与焦灼，都有着类似塑料之感。城市是玻璃做的，人是亚克力板做的，相互反光。他们对想象的圈子的着迷，是个人无力的展现。这或许既是时代的真实样貌，也许跟写作者的耐心不足有关。还或许，太想把他们归类，一些符号化的概念遮蔽了人物身上更隐秘的细节。

这本书可能带给读者什么？或许是这位年轻作者对当下的批评。创造李白的婉京，也是一个研究启蒙哲学、撰写当代艺术评论的人。她反对的是长脸这一类理想主义者的消失，也反对李白这一种投机主义者的背叛。

如果你细心去找，书里的一些地方有着特别内省的气质。长脸的感慨和李白的揶揄体现着一个小人物正在摆脱自己的挣扎，这个问题从李白而来，穿梭于北京这座城市，最后抛还给读者。

许知远

目 录

新

贵

第一章　尿浇蚂蟥

一阵风吹过，树摇晃了起来。李白换了一只手打字，他以为这样就可以用右手来抓住树枝，至少是树枝的影子。他看见妻子卧在客厅中央的沙发上打瞌睡，她的头顶上有一张荒木经惟拍摄的荒木阳子睡觉时的黑白照片。他想起来，不久前，他还跟妻子讲过这张照片的来由。他说，荒木经惟在和阳子亲热之后，偷拍了一张阳子熟睡的照片。他同时也交代了，阳子全名荒木阳子，是荒木的妻子。那张照片上，阳子卧成了一个Z字形，她的头发贴在额头上，应该有汗吧。然而，在黑白照片的千万颗噪点中，一滴汗是不能被分辨的，它坠进了像素海。

　　不久前，李白带着妻子和父亲一起前往舒适家做客。妻子一直搀扶着年迈的父亲，父亲已经老得说不出话了。妻子一直在跟父亲讲日本摄影的事，讲了荒木经惟和森山大道，讲了他们的摄影为什么总是黑色。父亲没说他听不明白，妻子就一直以她自己的叙述方式讲下去。她先找到了舒家的正门，一整片绿地掩映成辉，像宫殿一样的房子坐落在红城山庄的山顶。父亲有点儿不高兴了，那是他那天唯一不高兴的地方。他以为自己会比儿媳先找到舒家。他将自己的失败归咎于舒家人，舒家作为世家应该要低调行事，张扬有悖他们贵族的身份。也是妻子先行一步推开了门。那道门恰好挡住李白的视线，让李白看不见迎接他们的人。

　　李白了解他父亲，他拥有一整套解读他父亲的算法。他们村曾经实施过土地改革，新政策推行的第一年不巧出现瘟疫，村里死了很多人。那年他刚上小学，他们将他关了起来，关在装水稻的粮仓里，不让他与外界接触。水稻晒干了之后都储在这里，这是公家的粮仓，全村最安全的地方。父亲告诉他，村里所有的孩子都待在各自家中。这个病很奇怪，被传染了只有死路一条。年幼的李白不知道什么是死，他只是觉得粮仓很黑，很害怕。黑也是因为无人问津，李白在粮仓里待了多少天，他自己并不清楚，因为白昼黑夜都是一样的，一样的等待。他躲在粮仓里面等，最后等来了一连串奇怪的号叫。那声音围着粮仓转，从四面八方穿墙而来。李白缩到一个角落，他撞到了什么东西，"砰"的一声，粮仓外号叫声更大了些，他发现自己撞倒了一把锄头。他摸到锄头的柄，然后顺着手柄一直摸到头，他把锄头紧紧地抱在怀里。外头的声音更急了一些，像是踏着鼓点跑起来的火苗。他从内心深处发愿，他想要今天就此结束，他调匀呼吸，想起父亲讲过的话，父亲说村里在发瘟，可这"瘟"会停留多久，它会咬破粮仓，一跃而入吗？他一直用锄头顶着自己的脑袋，这种别扭的姿势根本不可能睡着，但也不知道为什么，他忽然想起了从未谋面的母亲，就觉得暖和了许多，然后他就不记得之后的事情了。等他有记忆的时候，粮仓的门打开了，他的父亲站在耀眼的阳光里。

　　现在住在红城山庄里，他还时常回想起粮仓里的黑暗，那黑暗一定是伴着瘆人的号叫，他回想起那把不知道为什么出现在那里的锄头。只有锄头，没有粮食。他长大后，有一次问起那把锄头的来路，李老爹跟他说，那个时候还要交农业税嘞。他以为父亲这是在劝自己，人要习惯等待。他也由此断定，自己被困粮仓的这件事发生在2006年1月1日之前。他后来的人生轨迹，尽可能地与"农"不发生任何关系，从某种意义上来看，也是因为那次经历。他从那时就明白，即便身边什么都没有，也要想个办法让自己撑下去。

他第一次有获救的感觉，是在一节中学语文课上。课上，他的文章被评为范文。他写的东西，第一次被老师当着48个同学的面朗读，在县里最好中学的文科实验班，他写的文章是全班最好的。他甚至不记得那篇范文的题目是什么，可他看到了老师朗读时手里拿着的那把锄头，跟童年时粮仓里看到的那把一模一样。与锄头同时出现的是某种凶猛之物，就像粮仓之外的不明之物。就在老师快读完的时候，一个女同学站了起来，那个女同学大声地说，李白的那篇文章是抄的，原文节选的是她上周写的日记。

"你胡说！你的日记呢？"李白辩驳说。

"这里！大家都瞧瞧！"女同学说。

五秒之内，全班同学把那本日记本围得水泄不通。老师也来了，他手中还握着李白的那篇范文。他把两篇文章平铺在课桌上，学生们往后退了一圈，他向学生借了一把尺子，抬了抬夹鼻眼镜，逐字逐句地比对起来。"秋天的稻田黄灿灿的，稻秆被沉甸甸、一串串的谷粒压弯了腰。父亲挑起扁担拿着毛巾，嘴上勾起笑容，他这是要去收割那一片片的黄灿灿了……"他开始念得很快，后来越来越慢，等他念完一页纸之后，他停住了。

"老师，我真没抄她……"李白说。

老师扣上了这本日记。全班同学又往后退了一圈。李白快要哭了，可他不能哭，因为他知道，自己没有抄，他并未做出任何耻辱的事。所以他不能害怕得大喊大叫，也不能祈求"不明之物"给他一条活路。他抬起头看着那个控诉他抄袭的女同学的眼睛，试图与她对抗。他再次回想起独自在粮仓的那晚，想到危险总是徘徊在粮仓之外，他渐渐控制住了自己的节奏。

他没有发怒，他只是静静地背诵起自己的范文。他刚开始背的时候，还有同学"嘘"他，但等他背了五分钟后，没有人再说话。后来又过了五分钟，开始有人翻看那女同学的日记本，他们对照着她的日记，有人小声嘀咕着什

么，有人把尺子揣在了自己口袋里，有人为李白申冤了，有人掀起了同桌女孩的裙子。然后，有人报告老师说，自己被征用的尺子不见了。就在这时，那女同学忽然放声大哭，同学们围着她愕然相望，接着指着她笑了起来。有人拍手鼓掌，还有人指着李白的脑袋说，"圆溜溜的脑袋，黑漆漆的眼睛，难怪是神童！"这时，李白还在继续背着自己的文章。直到那个女同学不哭了，她像是被绳子勒住喉咙一样，惊慌失措地盯着李白。

那个女生的样子，李白至今记忆犹新。她像极了一只小公鸡，却没有喙。她恨他，以至于她瞪着他，就好像一直在他身上打叉，黑色的叉。他成年后又想起她的样子，觉得跟自己的妻子有几分相似。人总是对危险的东西具有特别的好感，想要通过占有它来化解危机，这就造成了迫害妄想症患者的第一宗罪。2010年，农业税免除后的第四个秋天，他从家乡返校。那年他大二，负责迎新，这个故事没有一点儿惊喜，一个女生喜欢上他，他也喜欢她。

妻子推开李白，让他不要挡着光，接着门关上了。

舒家的大厅里嵌着一个大厅，门里还有一道门。若想打开大厅里的那道门，就要穿过厅中央的喷泉池。满屋子都是白色，没有任何装饰物，不属于巴洛克、洛可可、装饰派任何一种艺术风格。喷泉流出的水也是白色的，比蛋清更淡一点的白色，随着时间的不同、节气的不同而栩栩如生、变化多端——这就是舒家的钟表，他们家的时间要比别人家更精确些。他觉得在掌握了节奏之后，在中学时代以一篇范文名震天下之后，"神童"的光环令他失去了精确性。这也让他总是难以准确地勾勒人物，他会尝试以"爱慕虚荣""奢华萎靡"来形容他的妻子，却始终没办法描写妻子的模样。这种"描写障碍"同时出现在言语上，他觉得她的容貌变了，不是老了，只是……他想说"挥金如土"，但也知道这不是一个描写样貌的词。后来他想用"透明"来描写舒适给他的感觉，但又觉得哪里不大对劲。

"他的皮肤其实是一大团粉红的血肉包裹起来的，在那如蝉翼般轻薄的表皮下面是白如雪的灵魂，混合着血肉的流淌，出现一些斑斓的难以形容的颜色。"

这样写，不像写一个人，倒像是写一块三文鱼春卷。妻子经常带李白去一家叫Susu的越南菜馆，就在东城区钱粮胡同里。那是一家晚高峰要排队等半小时的餐馆，装潢倒没什么出奇，属于四合院改造的新派餐厅。院子里有一棵大树，常有外国人喜欢坐在户外，围着树吃一盘他家的三文鱼春卷。粉红的三文鱼肉被薄如蝉翼的纸皮温柔地卷起来。李白会给妻子夹一块春卷，挑出妻子不爱吃的胡萝卜。待她入口，他看着她的嘴，薄如蝉翼，一口一下，他脑子里幻灯片式地跳着一些稻田的画面——越南春卷和中国春卷最大的不同就在这薄薄的米皮上——前者是稻米磨浆的，稻子，故乡，后者是面粉、鸡蛋清和盐调成的稀浆面团，故乡，稻子。春卷，一盘越南的混着中国的。坐吃山空，立吃地陷，人还是不能贪。三文鱼春卷，切记不可多吃。然后李白马上回过神来，他已经是个"北京人"了，他的妻子比他更早成为"北京人"。他在她面前，从不主动提起故乡。

在舒家，李白沿着喷泉池走了一圈，他慢悠悠地用步伐丈量着这半径，有种佳期将至的预感。然后他缓缓穿过了喷泉，白色的液体带着一茬茬的温暖袭过他的身体，他不知道是什么让他产生了这么一个念头——"太美了"。因为这统一的美感，他从未怀疑过这地方，妻子推开的门一定就通往舒适的家，内宅。从美学上来看，里里外外是如此统一。人在这个白色的宽阔空间，就像嵌在钟乳石上的粉色琥珀，又像被咬开的三文鱼春卷。

直到舒适说话的声音盘旋着降落到他头上，李白才意识到这屋子四壁布满了走向不明的曲线。就连墙角，都扭曲变形了，跟曲线勾连在一起，看上去像是钟乳石表面的浅浮雕。他追着这些螺旋上升的曲线走，等到曲线消失的时候，他迎面撞见一个立柱型的透明房间。那个房间坐落在岛上面，四面环水，远看仿佛被巨人放倒的古罗马石柱。李白不知道要怎么走到对面，但他可以清楚地看到那个房间中发生的事情。他看到，他的妻子和父亲吵了起来。

"只有老骗子才能生得出小骗子！"他的妻子嘲讽说。

"我是骗子没错，可我儿不是骗子。"他的父亲咕哝说。

"他怎么不是？他跟我说他是省文科状元。"妻子说。

李白捂住耳朵，又来了，妻子又记错，他明明说的是全县文科第一名。妻子经常夸大事件，小题大做，在她那里，如果一个人做错了一件事，无论再怎么洗心革面，他都不再是个好人。妻子的父亲曾经描述她有"公主病"，让李白多担待。订婚时老人给的这句叮嘱，现在，李白才算明白他的意思。

有一次他们牵手走在路上，妻子把他们的订婚戒指弄丢了，或者不如说，是她故意把戒指扔进了下水道口。李白不理解好端端的妻子为什么要丢戒指，而妻子执意说，这戒指是她手一滑掉进去的。那是那年北京入冬以来下的最大一场雪，下水道口全都被雪覆盖住了，世贸天阶的下水道也难逃一劫。妻子说，戒指就是穿过这些雪，直接掉下去了。李白内心不情愿，可他还是顺从地弯下腰，将手伸进下水道。他的手卡在井盖的条形栏杆上，尽管将手攥成一个拳头，手依旧不能全部伸进去。他用力地挥动着已经伸进去的几个手指头，还要安慰身后的妻子。

"再等一下，马上好，宝贝！"他说。

他明知道根本不可能够得着。扑腾了半天，沾了一身的雪。他后悔今天穿了这身白色的羽绒服，这是他上周领了稿费刚买的鸭鸭牌。妻子站在一边，穿着白色的Moncler羽绒服。她共有七件这个牌子的羽绒服，周一到周日，每天都穿不同的颜色。今天，李白之所以穿白色，因为是周日，周日妻子只穿白色。妻子对李白的付出不以为然，她刷着手机，不时发出几声笑。李白感到自己的愤怒正要从胸腔涌出来。他举起手指，快要做出指点的动作。他想指着她的鼻子骂，手却突然松弛下来，这让他的动作变成完全没有意义的姿势。妻子忽然从裤兜口袋里掏出那枚本应躺在下水道里的戒指。她伸手让李白帮自己戴上。忽然，她的身份又高出了几十层楼，甚至高出世贸天阶。她用她的优越感上前一嗅，便说李白的身上沾了下水道味儿。李白身上除不干净的土味儿，并不能为妻子的家庭增添什么生气或轶闻。他还是牵起她的手，回头看了一眼双子楼之间的巨型屏幕，屏幕上正在播放晚间新闻，一条关于苏北农业产粮增收 15% 的消息。

李白的父亲原先在沛县张庄镇邓楼村务农。在父亲之后，邓楼村 2000 多亩的耕地有七成转给了大户。这位大户实则是李白的二伯，他父亲那一代，二伯排行老二，父亲排行老十二，后面还有老十三和老十四。二伯虽然是亲二伯，但跟他家并不熟。可能也是因为不熟，二伯在他去北京上学后，才签下他们村 2000 亩土地。二伯不是干水稻种植出身的，找来几个亲朋好友出谋划策，李白的父亲也去了。李白的父亲提议，"农村也要实现现代化，水稻离不开水，不如建一个电站？"李白父亲的意见，大家认为就是李白的意见。毕竟李白是他们全村人的骄傲。他自幼就是全县第一名，即便去村口小卖部买一袋无花果，都有别家的娃儿跟着，他不需要带钱，因为别家娃后面跟着的别家家长会主动帮他买。他喜欢吃着无花果去水稻田里蹚一遍，穿着他母亲生前留下的胶底布鞋快速地在坑洼地里跑，他跑得很快，鞋子太大，脚底下呱呱唧唧地响。他跑上土路的时候，习惯性地回头看，别家娃儿穿着布鞋还在一脚深一脚浅地探着路。走得慢的，竟然嘤嘤啼哭。他拽他们上到干净地，把无花果分给他们，还帮他们取下腿上大大小小的虫子。蝼蛄、鳖虫、放屁虫都不要紧，会让人哭的只有一种——蚂蟥。而且蚂蟥见人动弹，随着肌肉的律动反而吸得更紧。要甩掉它切不可直接拔起，只能等它自己松口。

李白最擅长对付蚂蟥，他会立马脱了裤子，朝着几个"患者"滋一泡尿。蚂蟥受不了尿，被浇了之后，会慢慢松开钢锯状的嘴。一颗，两颗，三颗……至少一百颗微型牙齿，蚂蟥刚被拔下来的时候，那黄色的钩状尖牙上带着血。李白最喜欢蚂蟥脱落后留下的伤口，粉红色的晶状

体从平滑的肉的表面快速隆起，那晶状体的入口处有透明的白色液体溢出，稍微挤一下或扭一下，就会有黑红色的血液汩汩而出，黑红之后是浅红，与白色液体一起又变成了艳丽的红色，最后回归到粉红色，凝结成又一个晶体。这过程相当于看一场烟花，有燃起、腾空，也有下降、熄落。小孩们觉得自尊心受到伤害，被淋了尿有点不高兴。不过，他们的父母却对李白感恩戴德，直接把他奉若神明。就这样，李白靠着"尿浇蚂蟥"再次闻名遐迩，与写作文一道成为他青春期最辉煌的两件事。

虽然电站建起来了，但也花光了李二伯所有的积蓄。他先投入20万元建电站，又陆续投入10多万来置办灌溉设施。后来邓楼村来了新一任的党委书记，书记的意思是嫌这建设周期太长，他们邓楼村总产值比不过邻村的张楼村、董家村，何不直接把2000亩地转给邻村的大户。书记还有一套说辞，他指出，邓楼村要在不拖欠农民流转费用的情况下，再搞建设。不知道是李二伯这个"大户"不够大，还是书记"新官上任三把火"，总之李二伯被迫与村里解除了合约，也没得到他前期投入的补偿款。李二伯多少年没登过李白家的门，进门就差点给李白跪下，他没别的意思，就想求"神童"给拿个主意。李白给二伯出的建议也很简单，就是水稻马上就要收了，不给赔偿款就不让收水稻。同时，给镇政府写信，说明自己的困难——他30多万的修建费本就是自己的积蓄外加农业融资的担保，现在政府发的贷款因为政府解约而付之东流，这于公于私都是一笔损失。"劳民伤财"，李白反复跟李二伯强调了这个观点。二伯拜谢了李白，马上揣好李白写的陈情书奔赴镇里。

一阵大风吹过，树摇晃了起来。李白以为这内宅中有树，他分明闻到松香，但他环顾四周，依旧是空无一物。眼前，只有那个倒下的透明空间。

妻子还在指责父亲。

"只有老骗子才能生得出小骗子！"妻子重复着同一句话。

"我是骗子没错，可我儿不是骗子。"父亲弯下腰重复。

"他怎么不是？他跟我说他是省文科状元。"

李白向那空间走去，每走一步都陷得更深。脚下，是涨潮的白色液体。他想起了少年时对抗蚂蟥的方法——奔跑！他跑起来了，而且越跑越快，可事情却变得更糟。墙上刚刚消失的曲线又突然出现。曲线密集起来，堵住他的去路。他意识到，当曲线足够多、足够密的时候，就成了实体的存在物。这是一面曲线砌成的墙，所以，他无论如何都跑不透。

第二章　这是番石榴还是西瓜

李白最近完成了他的第一部长篇小说,《禅学随笔》。

付梓之前,他把初稿投寄给了一家文学杂志社。杂志社的编辑以为这是一本非虚构作品,讲述禅学法门之类的东西,所以很快给李白回了电话。编辑明确告诉他,如果跟儒释道有关,写得准确到位、发人深省,还是有可能出版的。李白在电话里反复说明,这是一本小说,"写的是……我身边的故事"。编辑回复他说,他们杂志社就在官园菜市场旁边,有时大爷大妈们买完菜,也会顺便到杂志社来串门,问问看能不能帮着出本小说。接着,编辑又说了一句话,把李白彻底噎住了,他说:"大爷大妈写的难道不是他们身边的故事？"

过了几天，李白再致电去了解情况（他想了解一下编辑对小说初稿的看法），编辑却丝毫不提书的内容，直截了当地告诉李白，"3000+3000，3000册由出版社出，另外3000册需要作者出，统共起印6000册"。如果李白同意，一周内转账，钱到了他就跟领导报选题。他为了让这个提议显得合情合理，还特意问了李白过去的写作经历、学历、在文学圈的人脉、微博的粉丝数量和是否有微信公众号等问题。这连珠炮似的发问，问得李白哑口无言。他觉得自己确实不够格出版小说，也许自费是他能走的唯一路子。李白讪讪地回答："我是准备做一个自媒体专栏，最近这不刚搬完家，忙忘了嘛。"李白心里乱了，他的真实想法是，绝不能把这事告诉老婆。只要是吃亏，哪怕只吃一点儿，他老婆都会揪着他的耳朵予以厉声呵斥。挂电话前，李白又问了一下版税的事。在他看来，这么问只是作者和编辑之间的必要程序。也许，他开低一点版税，自购的事就有转圜的余地。可是出书的事被他这么一问，就搁下了。

李白又找了一个朋友帮忙，准确地说是他老丈人的战友。这位叔叔人称 A 局。老丈人领着他跟这 A 局吃了一顿饭，吃的是河豚。A 局人很和善，还是他的江苏老乡，但两人只聊到"江苏"这一层面就够了，再往下聊就没劲了。毕竟苏北人和苏南人向来不对付，万一是沛县碰上苏州，这事还能谈成吗？很难想象一个苏州人帮一个沛县人出书。李白当时敬了 A 局好几杯酒，每一杯盛的都是理想，他推让着，害羞着，就是不谈自己要办的事。开始谈正事，是在他老丈人开了一瓶茅台之后。可惜，李白刚刚咽下二两茅台，就已醉倒在座位底下。据他老婆回忆，他像一条死狗一样抱住桌子腿不放。A 局喝了茅台，主动问李白请客所为何事，可李白只顾着憨笑，求人的话一句不说。

那瓶酒是茅台厂为纪念孔子 2569 周年诞辰特意推出的限量版。无论是瓶身还是外壳，都印着孔子头像。那孔子穿一身青衣，头上戴着一个青色帽子，可能是为了遮掩他"生而首上圩顶"的异象。茅台厂把这孔子肖像印在酒上，李白以为是为了增加他们饮酒的难度，让他们舍不得喝。他再一想，这应该就是国窖的策略，总想把好酒留下。茅台是为了传世，不是为了人喝。但矛盾的地方是，如果不是给人喝的，它还怎么流芳百世？酒总要靠人来制作、窖藏、运输、饮用，没了人，一切就都不成立。他酒醒后回想起孔子的肖像，他想到孔子突起的那两颗门牙时，才记起了昨夜酒桌上的一点儿事。

几乎没人注意到那是一瓶限量版的茅台。李白老丈人一拿就是一整箱，他叫司机随便取一瓶，剩下的整箱都给A局装到车上。A局额头广阔，脸型方正，说话时嘴角两边的法令纹会抖成钟形，配上他如匕首般向上扬起的粗眉毛。A局看上去已是花甲老人，但李白一口咬定他的仕途还会再往上……李白敬酒时，手就向上比画着"飞！"，坐在主陪位置上的老丈人看不过眼，一直让李白多吃菜少说话，这是怕他说错话坏了自己的事。老丈人请A局吃饭不可能只是为了女婿出书这件小事。事实上，老丈人最近要竞拍鼓楼的一块地，他兜了好大一个圈子最后绕到自己战友这里。老丈人和A局表面上聊的都是"峥嵘岁月"，实际上都在互相摸对方的底牌。

"中央特区真要建起来了，市政府以前这些地怎么办？"老丈人问。

"老同学，你就是专门做这行的，你问我怎么办啊。"A局说。

"我看，这些地虽然位置很好，但不好经营。有些楼老得不成样子，要做的话就要再做承重墙，这样一来……"老丈人说。

"你有的是钱，还差这一点？我手下那块是烫手山芋。依我看啊，水太深，你就别蹚这浑水啦！"A局说。

"如果鼓楼这块地都算深水区，那阜成门那块肥肉呢？我是以退为进，有人跟我打过招呼了，让我别吃肥肉，挑瘦肉下嘴。"老丈人说。

"谁？"A局问，声音压得很低。

老丈人凑到A局耳边说了一个名字，A局的脸色马上变了。

李白的脸色也变了，他是听不到人名给急的。李白不能理解，为什么只有四人的酒局（加上A局的司机），他们俩要"咬耳朵"。

A局自饮两杯之后，他抖着钟形的法令纹，勉强挤出一个笑容。他转而说："这事还有余地，毕竟离公开招标还有一个多月。"

李白在A局独饮之时，自己也陪了两杯。在他的逻辑下，不能让主宾吃亏。他喝得太急，脸涨得像一只红气球。加上他本身口齿也不够伶俐，只能一个劲儿地敬酒。

A局拍着李白老丈人的肩膀，也回敬了李白一杯。A局端起酒杯，说："小伙子不错，挺踏实，什么话都不说，就闷头喝酒。这是我们文化界的佼佼者啊，老方，我说你真有福气。"

李白的记忆到此为止。而且就这些，他还是喝了三杯咖啡后，做了一个倒立才"吐"出来的。他相信倒立能使他成为一个意志坚定的人。至少等他老婆再对着他的文章说三道四的时候，他可以倒过来看这个世界。黑白颠倒，是非不分，责备就意味着热爱。

"这才是个开头吧。"李白的老婆说。她的胳膊环绕在他肩膀上，胸脯蹭着他的后背。她在读他刚写完的东西。

"你为啥一定要写那张荒木经惟的照片？这跟水稻、粮仓、你的童年、舒家内宅有半毛钱关系吗？"她说。

"你什么意思？"李白瞟着电脑屏幕上打开的Word文档，"你是指荒木给他老婆拍的那张？我的描写有什么不对吗？"

"你总是对一个问题反应过激。你是不是现在还在埋怨我搬家时不让你买那张荒木的黑白摄影？"

"没埋怨，不买就不买吧，我怕的是我交了订金之后，你再跑去跟人家画廊主要钱。"

"你知道你为什么一直写不出个屁吗？"她向他们家的客厅走去，朝着李白的电脑挥手，说，"你太看重面子。从你的文字里，我真读不出什么有内容的东西。"

李白从桌边站了起来，他起身的方式像是一条巨蛆，先拱起后背，再同时伸展头和脚。他慢慢蠕，蠕到了老婆身边。"我写不出来好东西，如果只有一个原因那也赖你，谁叫你这么美。"

"你不是说了，不出版《禅学物语》就不跟我亲热了吗？"她说。

"是《禅学随笔》，这是一本小说。"他说。

"随便是啥吧。A叔叔愿意帮你出了？他就是管这个的，出书对他来说是再小不过的事儿了。"她问。

"我没问。"他回答。

"啊，为什么不问？"她问。

"不合适，哎，反正我也没那么急，事情嘛，总有机会的。"他说，"事缓则圆。"

他老婆迅速穿上了短裤和露背背心站在门前。她披上了一条恰好能遮住她屁股的浴巾，长长的黑头发从Chanel遮阳帽下垂落到白色的浴巾上。她抱着一瓶维他命水和一个绿色的番石榴。李白看到番石榴的时候，首先想到的是粉色——粉红的瓜瓤、粉红的百合花花蕾……接着，他听见粉红的声音，是他老婆即将要去红城山庄室外泳池游泳的声音。他能闻到番石榴剥开之后的清香，他听见三千米外蚊蝇和蜜蜂正向这初来乍到的水果袭来。他听见更远处舒适家女工们打闹的声音，一个黑人女仆嘲笑一个白人女仆的屁股不够翘。他明白了荒木经惟或者说日本摄影的精妙之处，"啊，真正的观赏之道在于镜头的景别。"举个例子，如果只拍摄番石榴的局部，没有绿色的鹅蛋形瓜瓤，谁能分辨这是番石榴还是西瓜呢？浅浅的粉红不也可以是一个不大甜的西瓜？似乎李白以前从没搞懂的事情现在突然就明白了。

第三章　密法不可说

　　这次顿悟让李白转而在"自费出版"上寻求门路。但李白又不能让所有人都知道他要"自费",所以他辗转反侧,仔细思忖之后,觉得从不认识的人着手最稳妥。于是乎,百度成为他第一也是唯一的选项。他在百度上逛了几天,迟迟未点进去任何一家出版机构的页面。他从网站的名字、Logo一直看到办公地址、联络电话的区号,他想的很多,却一直没下手。直到他看到"D时代出版"的广告,他看到"二十年致力于出版精品图书"这句宣传语,他停了下来。李白觉得这句话像一道光戳进了他的心里,他尤其醉心于"精品"二字,有一种为了跻身"精品"行列出多少钱都行的劲头儿。然而，他照着网站的提示，拨通了"出书热线电话"，接线的不是接线生，而是人工智能"小D"。

李白对"小D"这名字感兴趣，于是问："你为什么叫小D啊？"

这个人工智能接线员回答说："因为我可以帮你实现你的梦想。"

李白接着问："那你说说我有啥梦想？"

小D说："你想要出书。"

李白觉得这可真神奇，人工智能对他的心思了解得一清二楚。他事后把这事一五一十地转述给他老婆，没想到又遭到老婆的嘲讽。他老婆说："废话！你点开的是个自费出书平台，傻瓜都能猜到你的理想是出书。"李白觉得老婆说得也不无道理，但是现实中确有一些人是闲得无聊才点开这些网站。"自费出版"网站总链接着几个层级的子页面，像这种要跳接到另一个页面的网站往往都有色情动图。李白想过点点看，但他又怕电脑留下浏览痕迹。

李白现在用的Mac电脑，是他们年初搬进红城山庄置办的第一个物件。在它之后，他老婆又添置了一个限量版的丹麦沙发（连带一个扶手台）和几把比利时椅子，但那都跟李白的生活没什么关联。李白只要这一台电脑就够了，还需要几本他崇拜的名家小说，他要一边写剧本，一边参考大师的结构来构思自己的故事。这几年，"海子热"从2013年一直持续到2019年，纪念完诗人的诞辰又纪念逝世。李白也跟风读起来海子，他觉得那一代诗人的生活本身就带着美感。他喜欢海子的《诞生》多过《面朝大海，春暖花开》，最近反复读的句子似乎就是他正在与这世界摩擦所留下的痕迹，啊，海子在二十年前就已经预言了他的人生：

　　这个脸上有一条刀疤的人，在叫嚷的人群中显得那么忧心忡忡。他一副孤立无援的样子，紫红的脸膛上眼睛被两个青圈画住。他老婆就要在这个酷热的月份内临盆了。

　　人们一路大叫着，举着割麦季节担麦用的铁尖扁担，向那条本来就不深的河流奔去。河水已经完全干涸了，露出细沙、巨大的裂口和难看的河床。今年大旱，异常缺水，已经传来好几起为水械斗的事情了。

老人们说，夜间的星星和树上的鸟儿都显示出凶兆。事实上，有世仇的两个村子之间早就酝酿着一场恶斗了。在河那边，两村田地相接的地方，有一个小小的蓄水的深池。在最近的三年中，那深池曾连续淹死了好几个人。那几座新坟就埋在深池与庙的中间，呈一个"品"字形。

李白对海子的思念，仅仅寓居在他的这张书桌。他出生的年代，刚好与二十世纪八十年代诗歌最后的狂欢擦肩而过。他生在1986年冬天，正在"星星诗歌节"举办的那个月。他呱呱坠地之时，正是观众向着工人文化宫台上北岛、顾城、舒婷等朦胧派诗人高呼"诗人万岁！诗歌万岁！"的那年。读诗的人不止多，而且狂热。狂热到什么程度？诗人站在人群中被挤成筛子，他们的后脊就要被央求签名的观众给戳成筛子。诗歌节，不属于诗人。诗人们落荒而逃，北岛被粉丝围追堵截，被一群年轻的四川诗人叫板："下来吧，你的时代已经过去了！"

李白每次打开电脑，想的很多，但他不想去想又终究不得不想的东西就是这句话——"时代"会滋养出一种奇特的英雄主义与诡异的迫害妄想症，谈论"时代"的人就像是到领奖台上走一遭，没站上领奖台前内心踌躇满志，站在领奖台上时担心被人一脚踹下来，真正走向领奖台时又以为自己还站在舞台上，或者还有人赖着不走，以为整个世界都是他的舞台。那时，诗人自费出版自己的诗集，是一件再正常不过的事情。不会有编辑戳着他们的脊梁骨跟他们讨价还价，也不会有人因"自费"而质疑他们作品的水平。现在出书变难了，但最难的是放下身段去跟人家掰扯这个事儿。

市面上也常见一些年轻人自费出版诗集、小说、散文集，找了一些名声斐然的大家来帮忙作序推荐。许多人对此嗤之以鼻，李白对此的见解倒是独特。他说，他在年轻人的"自费"项目中看到了父母对他们的爱。就像波拉尼奥在《荒野侦探》中提到的一个类似案例——二十岁就去世的年轻诗人劳拉，她的父母就把对女儿的爱灌输在为其自费出版的诗集《缪斯的源起》中。李白认同波拉尼奥的说辞："那是本遗作，父母资助印的，父母太疼爱她了，从来都是她的第一读者。"不过，年轻人不是劳拉，年轻人的父母也不是劳拉的父母。劳拉身上带有的那种忧伤，是人们谈起逝去之人时独有的。她的青春值得纪念，正是因为她被永远地留在了二十岁。而李白呢，既不年轻，也没有这样的父母。他的父亲只对一年两季的水稻饱含热情，只会喋喋不休地分析国家推行的优质水稻品种。他引以为豪的工作是推介优质优价的粮食、密切联系大户。有时，田间人手不够，父亲还要李白一起下地施肥、上药。他独特的见解在这时又派上用场，转念一想，他原生家庭的疲软未尝是个坏事，这反倒让李白觉得他个人的优秀更纯粹——他是单枪匹马来北京闯出一片天的人。

每当想到这里，他的回忆中总夹杂着他在学院路地铁站口吃过的烤串、在北新桥小门帘铺子吃过的卤煮、在鼓楼喝过的豆汁的滋味，他并不好这口，但他又不得不吃。他总有一种迫切要成为北京人的皈依感，这驱使着他经年累月地扮演着一个新北京人的角色。这像极了不写作的作家奋力搜罗故事来擦亮感官的敏感度。然而，借来的力量终将衰竭，夸父逐日，世界轰隆隆向前滚去，新人类与新事物将快速吞噬掉旧人与旧物。只靠身份存活的人，耽溺于此而毫不自知。"新北京人"的身份总让李白忘记，"尿浇蚂蟥"这一招儿最早是他父亲教给他的。

李白最后找到的这个编辑，是一个他听都没听说过的出版社文教书籍儿童读物的负责人，名叫邓小邓。邓小邓不知从哪里要来的李白电话。李白看小邓不说，他也没好意思问。李白第一次与邓编辑见面的时候，就直接交代了自己差点让智能客服"小D"坑骗的事。邓编辑也没避讳，直接说他的外号就是"小D"，可能还不如这个"小D"智能。小邓个头矮，两个腮帮子深深地凹陷进去，颧骨的位置密集地长了一些雀斑，却都个头很大。远看会给人以恫吓，那雀斑灰黑着连成一片，像是雨季里忘了晒干的水稻在出太阳之后也化不去的那种霉斑。小邓大学时没少遭人欺负，他本想取英文名叫"William"，但被同学们强行安了一个在身上——"Small D"，就是笑话他哪儿哪儿都小。李白露出了尴尬的笑容。好在小邓现在已经释怀了。事实证明，小邓不是不在意，他在意的另有其事。小邓让李白改书名，他说日本禅学家铃木大拙有一本同名书籍，李白再用一次《禅学随笔》既隐晦又不讨好。李白再次尴尬地笑了，这笑容后来慢慢变成了李白"外交"受挫时的招牌笑容。

"不能因为我写的是故事，就说我的书没有禅意。许多作家也是随便起个名字，看起来朝秦暮楚的，最后书出版了，故事也成立。那个《禅与摩托车》什么的那本书，不就是最好的例子吗？"李白说。

"《禅与摩托车维修艺术》。"小邓补全了书名。

"对，我没看过。是不是卖得很好？"

"所以，你关心的是卖得怎样，而不是书的精神高度？"

"不，我当然关心'精神高度'，"李白稍停了一下，想了想说，"但如果可以卖得好，我也不介意。我知道现在出书管控得严了，拿书号有难度。这是我们家一个亲戚说的。"

"那这就怪了，你既然有这么厉害的亲戚，为什么要在我们社出书？"小邓腮帮子一鼓，紧接着一缩，他明显看出李白是在吹牛。

"我媳妇家的关系，说来话长了。不过，我这个人，还是能不攀关系就不攀。"李白被小邓盯着看，不自觉地心虚。

"行吧，也不是说完全没机会。但名字肯定要改，内容也要加。"

"名字先放一放，等内容确定了再看。可你说'内容要加'是什么意思？"

"你知道现在读者喜欢看什么吗？"

李白摇头。

"读者喜欢'全家桶''大满贯'这类的东西，就是主角最好是集纵火、监禁、背叛、通奸于一身，甚至还带点SM、变态、同性，但是，你又必须把这些元素整合得特别隐晦，你要把同性描述成'兄弟情'，把通奸描绘成'灵魂伴侣'，把SM……这个，最好还是先别写了，有点敏感。"

李白直勾勾地注视着小邓，他不知何时已经涨红了脸。直到红晕从他的脸上褪去，他才垂下眼睛。待他再抬眼时，他没有再看小邓。

"你在想什么？"小邓问李白。

"我不想我的第一本书变成一场闹剧。它也不是上证A股，疯狂地冲到历史最高点之后，接着稀里哗啦地崩盘。我要它从始至终干干净净。"李白说着，特意强调了"干干净净"。

"所以你坚持《禅学随笔》这个名字？"

"对，因为它够干净。"

"既然如此，我就考考你对禅的看法。"

"我的书跟禅其实没什么关系……"

"什么是禅？"

"小说名字不一定非要和内容有关吧！"

"禅在梵文本来的意思是平和、平衡或平静，但就宗教上来说，它不是对深刻的形而上问题做沉思，也不是去思索某种神祇的德行，不是去思考世俗生活的渺小与短暂。它是一种习惯，一种能从世俗世界的烦恼中抽身开来自省自心的习惯。"小邓说。

一年前，李白和老婆去美国自驾游。他们飞到纽约之后租了一辆车，由东岸向西岸开。一路经过的除了高速路边的汽车旅店，就都是广袤、荒无人烟的绿色。时而见到一些广告牌，也都掩映在绿色之中。李白的老婆异常兴奋，这本不该是一个只喜欢购物的女人会有的反应。类似美国这样山谷郁郁葱葱、四周都是牧场的环境，在中国并不稀奇。李白有点儿好奇，他试探性地问老婆，"你既然这么喜欢乡村，不如春节跟我一起回老家看看？"他老婆当场打断了他，让他闭嘴。李白赶忙解释，却遭到了更严厉的驳斥。老婆直接从车上推门而下，吓了李白一跳。她站在一个高速公路的下坡处，在服务站和食品店小交叉路的入口，大声地斥责李白不懂得"乡村"与"农村"的区别。她说："你家那是农村啊，跟人家这儿一样吗？"她身后有几头很壮实的牛儿在吃草，不时发出"哞哞"的声音。李白的老婆猛然回头，指着那几头牛说，"听听，就连叫声都不一样！"

"李白？"小邓喊道。

"太好了。"李白说。他咧嘴笑笑。"你刚刚叫得真……不，讲得真好。"

"你的体会，我能理解。与禅师交流，心神亦为之开阔。"

"您看上去比我还小，年纪轻轻，怎么就修了禅？"

"这个嘛，我给你讲个故事好了。临济你知道吗，临济宗的那个？"

李白摇头。

"临济义玄是禅宗很重要的一个禅师，集大成者。他有一次在法会上说：'你们的赤肉团里，有一位无位真人。他常常从你们的感官出入。那些还没有体验到这些的，注意看看。'"

"什么是无位真人？"李白问。

"一个和尚跟你有同样的疑问，他就去问临济：'什么是无位真人？'临济从禅座上下来，抓住这个和尚的衣领道：'你说！你说！'和尚正犹豫不知说什么，临济忽然放开他，道：'好一个干屎橛子，是什么无位真人！'说完，临济就回到自己房中。"

小邓讲完这个故事，李白主动提议让小邓重拟一个书名，并说自己相信小邓的判断。李白说不清自己是被"干屎橛子"吓着了，还是被临济的"无位真人"给说服了。他对禅的理解竟然莫名其妙地进了一步。他甚至觉得多亏了小邓，他才能走入一个"密法不可说"的世界。他因而觉得，自己这本书能不能出、怎么出、花多少钱出在禅理面前都是不值得一提的。禅的通达，切实地解决了困扰他已久的便秘问题。紧接着，他的痔疮也好了许多，这让他把耗在马桶上的时间省了一部分下来，用于创作。他开始作诗，虽然写得不好，但还是勉强写了一首：

乡村的旅行者
一边打开书一边哭泣

山野的绯红

在指尖昏迷

已经过去了多少个世纪

我的文字只有一片。

　　写毕，他把这首诗送给了老婆。为了加强"献诗"的仪式感，李白特意烧了一桌菜。他自己没意识到做的全是素菜，装在青色的陶瓷碟子里，一点儿油星子也没有。直到他老婆拿着筷子十分不满地在桌上拨棱来拨棱去，他才在清蒸白玉佛手和清炒三色蔬之间小心翼翼地下了筷子。他手里的紫甘蓝还未进到老婆碗里，老婆就先离席了。她没对菜和诗做任何评价。她站在书桌前，打了一通电话。电话中，她吩咐父母家的阿姨做五菜一汤，半小时之内送到红城山庄。

　　李白朝着书桌的方向凝望，视线穿过他老婆的头顶，穿过窗，穿过树枝，他看到天空中绯红的落日，几团云雾慢慢掠过红城山庄高低起落的屋顶。富人的逻辑是，住在塔楼的人不配拥有自己的草坪和花园，他们的屋子不能坐南朝北，也不能挡住别墅住户的视野。而住在别墅的人，像李白和他老婆这样的人，已经是在半山腰上，却也只能看到几团雾而已。他们俯瞰着低洼处的塔楼，看着云团在天空中画出一个漂亮的切分音。李白知道，只有舒适可以在山顶看到一切，云雾在他家花园里留下的绯红从不会逃到山下。山下能看到的不过是绯红的影子，是不太甜的西瓜瓜瓤。

第四章　初恋

手机响了。李白接了电话，只说了"喂"和"你好"之后就耷拉下脸。他那一双重浊的黑眼圈，深深陷入眼眶，这是一夜未睡的结果。"嚓"，电话挂了，李白往沙发后背一靠。现实比他小说里写的要糟糕得多。他不能提父亲。只要一提，就会想起儿时粮仓里发生的事儿。他的父亲总是站在一个绝对光明的地方注视着他——父亲在田里割稻子，暴虐的太阳照在身上，他的周围明亮得如同着了火。父亲在火光中向李白走来。父亲在电话中说，他要来北京探亲了。

在《禅学随笔》的开篇，李白以第一人称描写了这样一段婚宴场景：

　　按照沛县的习俗，我和老婆回家办了一次婚礼，地点选在富丽华大酒店的婚礼大厅。光是喜帖就送出去一百多个。前来贺喜的村民，听说是"神童"娶妻，恨不得早几个小时见见新娘子，沾沾喜气。我的十几个叔叔全是携家带口来吃宴席的，封红包的时候，只让主家的男人出面代表一下，封多少，一千太多了，他们在酒店门口嘀咕着，最后从红包里再抽出来几张，剩下个二百、五百的。数钱的婆娘是我爹的表妹。虽然钱多钱少跟她没啥关系，但她还是会捏一下薄厚，给予来宾相应的待遇。这女人笑得最开心的就是收到邓楼村党委书记的红包，结结实实的一打，少说也要有二十张。书记来了，目的有二：一是给老李家贺喜，祝贺全县文科状元李白能娶到一个北京姑娘；二是来给自己找一个台阶下，毕竟他和李二伯因为修电站的事儿闹得很不愉快。书记没想到，自己的"莅临指导"忽然多出一项要办，就是为新人证婚。等到书记上台说话的时候，桌上的四干、四鲜、鸡鸭鱼肉已经吃得差不多。书记被安排坐在了李二伯他们桌。书记问二伯的儿子，"多大了？"小朋友（我的堂弟）一手拿着鸡腿，一手拿着筷子插丸子，顾吃不顾人。二伯替他回答说："老来得子，五岁了。"隔壁桌的三婶和四婶因为喜糖分得不够，已经吵得动起手来。三婶坚持说我们家多给四婶分糖了，多给了三块。为了这三块糖，两个婶婶又拉来其他桌的亲戚朋友评理。整个婚礼现场，像一个挤满了电视机的空房子，每个频道都叽叽呱呱地吵着。直到司仪嚷着嗓子喊，"下面有请党委书记为新人致辞！"台下才稍微安静了一点儿。书记上台了，正正领子，接过话筒说："咱们李家在邓楼村是几大姓氏之一，今天我特别荣幸能够来见证李白和新娘子的人生大事。李白是咱们全村的骄傲，能考到北京的孩子哦，大学生哦，了不得。大家封他是'神童'，就是希望一直以他为榜样、向他看齐！我没什么其他要说的了，祝福他们白头到老、百年好合。忘了说重点，他们要把李家的血脉传承下去，优生多生，为我们邓楼村培养出千千万万大学生来！"书记说完，掌声雷动。我领着老婆挨桌敬酒，敬到二伯和书记那一桌时，我连干了三杯，说："谢谢！谢谢！谢谢！"我扭脸看了一眼老婆，她喝高了，正在压抑自己的情绪。这时，二伯的儿子划拉着桌上的剩菜，准备把一个鸡腿揣在裤兜里。他一扭头刚巧撞在我老婆身上，泛着油光的鸡大腿完整地划过白色纱裙，掉到地上。"我的鸡腿！"二伯的儿子大喊。这一撞，把我老婆的眼泪也给撞出来了，一发不可收拾。我蹙眉望着她，又看看窘迫的二伯，尴尬地把手中的白酒干掉。后来老婆哭干净了，我才问她："怎么了？"她说："没什么。"

实际上，李白和他老婆只是订了婚、领了证，还没办婚礼。他不知道他父亲这次来京是不是就为了催他们回家摆酒。父亲在电话里什么都没说，就问了问他好不好。他能有什么不好的？他从不反问父亲怎么样，因为他知道父亲一辈子生活在邓楼村。那里，没有怎么样，也没有不怎么样。

自从他考了全县第一，总有镇上、县上的亲戚朋友拿着土鸡蛋、自家地里种的蔬菜登门拜访，渴盼着从李老爹这里扒拉一点儿求学经。父亲流转了土地，不种地，人却没有闲着。父亲不说他想见李白的女朋友，李白没跟父亲提过他们领证的事。李白的老婆也不知道父亲要从邓楼村来。在他老婆的知识系统里，李白的父亲被描述成了一个温文尔雅的知识分子。李白还加入了一些抒情的成分，他说自己的家庭原来在"文革"前是沪上有名的书香门第，怎奈遇上了"知青下乡"，他父亲和母亲就从上海的中学被下放到苏北的农村。他的父母在邓楼村结婚，然后再也没能离开这个地方。这个故事，李白当着他老丈人的面讲的时候，声泪俱下。刚好老丈人祖籍上海，特别同情李白家里的遭遇。有了同乡的情分，更对李白青眼相加。这之后，每次老丈人提起李白都是一百个满意，即便李白写东西从未挣过一分钱，他依旧是老丈人眼里稳重有内涵的知识分子。比起托尔斯泰，他们俩都更喜欢陀思妥耶夫斯基；比起顾城，他俩都更喜欢海子。多亏了陀思妥耶夫斯基和海子，李白不需要交首付，老丈人全款买下了红城山庄A区3号别墅。老婆对李白的不满，某种程度上也跟她爸对李白的无条件支持有关。

李白刚开始写《禅学随笔》时，对婚姻基本上还是一知半解的状态。他曾经幻想过一些片段：他们全身赤裸躺在加纳利岛的海滩上，与海鸥为伴，让海水轻轻拍打自己的脚板。李白想让老婆在一片银白色的地方受孕，他要把她的屁股狠狠地按在沙子上。然后一对可爱的胖海鸥结伴飞过他们上空，盘旋了一个圈，拉了一泡屎，屎正好溅到李白嘴边。他也曾幻想过，他和老婆拉着手躺在阿尔伯塔的草坪上。他们聊着曾在这里取景的《断背山》，笑着扭打在一起，接着笑着从坡地滚到山下，就快到山崖边的时候，他们撞上了一块大石头。"嗷！"李白捂着头坐了起来，他扭头一看，山下正是碧绿如玺的路易斯湖。

事实上，最近半年来，他们从未结伴出游，能聊的话题越来越少。李白知道自己有问题，他天天待在家里，写作、听音乐、吃饭、睡觉、拉屎，一窝几天不出门。可他老婆不行，他老婆喜欢灯红酒绿，喜欢夜蒲、三里屯，是一个不折不扣的物质女郎。李白觉得"物质"没什么不好，她是北京长大的姑娘，蜜罐里的妞儿。再说，为什么不能拜物？拜金，青春绮貌，娇红漫漫，崇拜自己姣好的身体。而且李白迷恋这个身体，他在跟她之前，没碰过任何其他姑娘。也许是因为中学时期的李白，不需要性这个原始崇拜的来源，就已经被全村人当成"神仙"来供奉。

　　李白曾经喜欢过一个女孩，气质非常出众，脸蛋圆圆，个子高高，走起路来如清风飞扬。李白后来从喜欢他的语文老师那里打听出，这个女孩来头不一般，北京来的。据说是因为上面一直在斗，某个大领导一不小心站错队，失了势，这个女孩就落难般来到了他班上。不过语文老师也说，这失势和落难都是一时的。她与他就隔一个过道。她的每一个小动作，李白都用余光收入眼底。中学毕业那天，班里聚餐，大家讨论收情书的事。这个女孩三年内一封情书也没收到。李白心中窃喜，这恰恰说明了他实时监控的到位。隔壁班二百多斤的胖子、坐在李白前排的癞头阿黑，以及李白的死党王寅都摸查了一遍。这哥仨的三封情书，半路就被截了胡，至今仍存放在李白家床下的木头箱里。后来，王寅跟李白在高考志愿那栏都填了北京的学校。王寅看到李白的志愿表时，一下就明白自己为什么没追到班花了。但王寅想错了，李白和班花并没有暗通款曲。他们都一样，不过是单相思而已。班花因其户口在北京，高考前一个月就办了离校手续。她的座位空了出来。放学时，李白看着校门口进进出出的人，盼望着她还能再出现在他的面前。王寅有天拎着两瓶啤酒约李白去村口粮仓。王寅坐在粮仓的高台上，神情萧索，语气郑重地说："许梦娜回北京去了。"李白接过兄弟递来的酒，泪水竟然莫名其妙地盈眶而出，那时，他只听见了"北京"二字。王寅和李白约定好，喝完这瓶酒，两人都不再提许梦娜。所以他们一直以为，"许梦娜"的名字不该有第三个人知道。

王寅是李白最好的朋友。两人都戴眼镜，个头都一米七五左右，中等身材。王寅小的时候不戴眼镜，时常嘲笑李白是"四眼田鸡"。等他上了大学，进宿舍联上了网，就再也没离开过电脑这个东西。他像极了刊载在《纽约时报》的讽刺漫画，半个身子已经被屏幕吸了进去。大一放假回家，他进了门，已经看不清房梁上海报画的是哪个领袖了。他妈觉得，坏了，这可是大事，要分得清楚。尤其是在北京那种地方，要时刻保持高度清醒的政治觉悟。大二开学，王寅就戴上一副比李白度数还深的眼镜。他依旧每天晚睡晚起，赖在宿舍床上不动。他们宿舍六个人，舍监曾一度以为只有五个人。因为王寅永远都闷着头（可能是在玩游戏、看书、听音乐、手淫，或者只是睡觉），窝在被子里。他那一床被子，直到有一次李白的父亲来北京看李白，才帮忙洗了。李白至今记得那窝被子的臭味，像把全世界致命的臭都聚积到了一起，只要放出来一丁点就能令十里八乡的人魂飞魄散。而且王寅抓住被子，死活不让李白父亲从上铺扯下来的劲儿头，也是前所未闻。可惜，最后被子还是被洗干净了。随着被子掉出来一个罐子。原来，王寅把对女生的欲望锁在一个凡士林铁罐里，扁扁的满满当当。光是"凡士林"这三个字已经能让这宿舍的光棍们热血沸腾。王寅到毕业也没交到女朋友，可他贴在凡士林铁罐上的"原纱央莉"早就被他搓烂了。取下"原纱央莉"，他换上了一个戴粉色钻石耳环的女孩。那女孩的模样和克莱姆特笔下的少女一模一样——她穿了一条黄灿灿的裙子，裙子上缀满亮箔珠绣，但她的耳环……李白将捡起来的凡士林罐拿近了一看，这女孩戴着的不是钻石，是两块接近透明的碧玺。这女孩也不是别的女孩，她是许梦娜。

李白打算切断王寅的生命线——他不再给他带饭了，午饭、晚饭都不管他。王寅饿得受不了，交代了照片的来由。他说他前两个月和隔壁班一个台湾同学借了一本杂志，这张照片是夹在杂志里面的。他还说，"只是长得像梦娜吧？不一定真是梦娜。"李白没管那么多，直接闯了爱国主义教育课（为港澳台学生特别开设的课程），薅了"台湾仔"出来。"台湾仔"完全被吓蒙了，不明白自己做了什么，为何在光天化日下遭此浩劫。李白从大衣里掏出了破烂的凡士林罐，指着上面的"许梦娜"喝道："说！你认不认识她？""台湾仔"惊慌失措地哭了起来，他摇摇头。李白用同样的语气再问了一次。他马上使劲点头，"我认识她，她不认识我……她是现在台湾很红的一个偶像团体的成员，Coco Xu！"李白这才放开"台湾仔"。事后，他因为欺辱港澳台同学而被学校严惩，罪名是：有碍两岸三地团结友好。李白因此失去了留校当老师的机会，还被罚连续三个月清扫学校操场。三个月中，他扫地时总会想到许梦娜，想她的脸，想她是如何从大陆搬到台湾的，想她家里是不是又遭遇了变故。

天上时而飞过白鸽，可这些鸽子是从南边飞来的吗？鸽子扇动着双翅，划破寂静的长空，仿佛要摆脱白昼。它们在大学生的欢笑声中盘旋，在黄昏的天空中这阵阵欢笑声好像被染成了湛蓝色。也是在这期间，李白的师妹，也

是他后来的老婆与他开始频频接触。师妹起初就是给他
送点水和面包，后来干脆找了一队保洁员来帮他清扫操
场。不到一周，李白就摸清了她的意图。李白刚开始是拒
绝的。直到有一次，师妹戴了一对粉色的钻石耳环跟他约
会，那颜色过于刺眼。于是，他盯着那粉色，本能地想吓
却她，自己却一不小心有了感觉。当时他们正在北海公园
的湖上划船，他与她接吻后，在一分钟之内将船停泊靠
岸。在一个三面环水、靠着后山的树荫下，他撩开了她的
裙子，第一次摸到女人白皙嫩滑的肌肤。她很紧张，大腿
紧绷绷地颤抖着，像一颗结实的大肉萝卜。李白慢慢解开
她胸口的扣子，同时窘迫地把脸凑了过去，想亲她的嘴。
她故意把脸往另一边扭，说："唔，不让你亲。"李白听
了，怔怔地望着脸涨得通红的她，一时竟不知道说什么。
这时，师妹反而来劲儿了，把他按倒在船上。她亲了他。
这时，他才看清楚她耳朵上的也不是水晶，而是粉色的玻
璃。船板在晃动，船桨在水里扑腾。从远处看，一只健硕
的鸭子正躲在大树下抠脚，奇痒难忍。鸭子船摇出了一种
蹩脚的婀娜韵律。直到那韵律变缓，渐渐停了下来，李白
深吸一口气。他用自己擤鼻涕的手绢轻轻擦干净她潮湿的

红脸蛋。她忽然转头，嘴唇做了一个狠狠的咬合动作问：
"你干吗？"他说："没啥。"接着他说，漠然中带着一种
不情愿，"我……会对你负责的。"

王寅问过李白，最满意的一次性爱是和谁。李白撒了
谎，说是和他老婆，而且他描述了具体的做爱细节："粉
红的血液涌上她的脸颊，我却并没有因此停下来。我快速
地削着她，像猴子转动萝卜一样飞快地削着她。她脸红得
快要流泪了，我顿了一下，用力地削开她的瓤。刀即将要
出鞘的时候，她眨着迷迷瞪瞪的双眼问我，爱不爱她。我
的反应只是疲惫地笑笑，但刀却怎么也停不下来了。最后
一刀下去，我看到在南方的海滨，春寒料峭的海滩，银白
色的沙滩上屹然伫立着一棵桃树。淡粉色，不，香槟色的
桃花正在盛开，我在血液中感到不可探测的宇宙在旋转。
那把刀终于把她连皮带肉地削下来了。白色的床单下遗下
一圈又一圈红粉相间的萝卜皮。"

王寅听愣了，那时他还是一个处男，没有钱，更没
有女人。他建议李白要把这段话写下来，哪怕只为了这段
话，也该写本书。

小邓看了这段描写，也看完了整本书。他发微信问李

白，问了两个问题：一、为什么是萝卜，不是苹果？二、能不能考虑把书名换成《禅与性爱》？小邓的出发点当然与王寅不同，但他也同样看到了李白的长处——描写性。

小邓约李白见面，约在一家离小邓出版社很近的咖啡厅。李白先到了，找了一个靠近水池的沙发座、池中养着几条锦鲤。接着小邓到了，他脚步匆忙，腋下夹着一个牛皮纸袋。小邓见到李白，把牛皮纸袋扔到他面前，殷切地说："小说我读完了，可以出。"

"是吗？真的？"李白说。

"是没那么好。但足够了，国内作家的水平，你知道的。我看，够用就行。"小邓说着，挥手叫来了服务员，要了两杯柠檬水（因为柠檬水不要钱）之后，继续说，"不过，你怎么不考虑先在期刊上来个连载，再出书？"

"可是，你看，我没那么大的面子。你刚刚也说了，能够连载出书的都是那么一帮人。"

"让我想想。看看怎么捧你。"

"如果能连载，能先赚一点儿稿费，我当然高兴了。"

几天以后，小邓造访了红城山庄，他出现在李白家门口的时候，不仅拿着那个牛皮纸袋，还多拿了一个白色透明文件夹。他神秘兮兮地掏出一本刊物，眯起眼睛，故意放低声音说："寄给《现代性学大观》。"

"《现代性学大观》？那是什么？"李白给小邓递了一杯他刚煮好的咖啡，然后有些紧张地轻拍了一下小邓带来的书稿。

"是这样的，我不是没帮你问，但你的内容不太适合在主流文学期刊上发表。《现代性学大观》刚成立不久，但供稿人都很好，都是知名学者和作家。他们从没推出过新人，你一定能一举成名。"

"现代性学？"李白拿起杂志，好奇地端详着封面。

"Modernity，"小邓语气中带着笃定，"你中文系毕业，不应该不知道什么是现代性吧？"

李白被这么一问，刚想打开杂志又怯怯地放下了，他说："怎么可能不知道……好，我相信你，我不看了。只要把书稿寄给他们就行了？"

"不用你来寄，我拿给他们主编就好。他是我以前在英国读硕士的研究生同学。"

"看不出邓编辑您还留过洋，厉害。"

"我的愿望是成为麦克斯·珀金斯那样的人，伟大的编辑。"

"哦哦，我和我老婆很喜欢《天才捕手》那部电影。不过，你现在主要负责童书？"

"这不重要。我如果只安心做个童书编辑，一年挣的足够了，就不会接你这个活。"

"对，感谢您。"

"谢谢不能只口头说说。这样吧，你也买一些书，我跟上边也好交代。"

"我没钱。"

"没钱你住这么好的房子？我从门口进来，警卫查了三次证件。"

"这是我老丈人掏的钱。"

"那你就叫你老丈人买书。"

"不太好吧。"李白神情严肃，他说，"不然这样吧……我不要版税了，一分不要。你以后印多少，卖好了，都归你。"

"我回去问问，那你先在这个合同上签个字。"小邓掏出白色文件夹，拿出一式两份的出版合同。

"谢谢你，邓编辑。"李白说着这话，脸上洋溢着幸福与感激的情绪。

"我要谢谢你，大作家。"小邓的脸上还挂着一丝欲收还留的微笑。这笑容在他起身、出门不到一分钟的时间里，快速消失了。

小邓走后，李白本想着去国家图书馆查阅《现代性学大观》，但却被他老丈人的一通电话打消了念头。老丈人问天气转凉了，他们小两口要不要去西山的温泉山庄度假，顺便就在那边办个酒宴什么的。老丈人的原话说得十分委婉——"我知道，你们文化人都不喜欢大操大办，但好歹也要办一次，我就这么一个女儿。你也知道，她妈走得早，我既当爹又当妈。"这"委婉"中透着一种咄咄逼人的气势。挂电话之前，老丈人还问了李白的父亲会不会从江苏赶过来。李白在电话里没有一口说死，他的意思是他先问问。

李白当然没问。还是李白的父亲先给他打了电话。李白接了，他原本不打算接的。李白的父亲问他坐哪路公交比较方便。李白问："去哪儿？"父亲说："我到北京了，刚出火车站。"李白死死攥着手机，不说话。父亲"喂喂"地问了半晌，他以为是讯号不好。过了一会儿，李白才憋出了一句话："还是别来了……家里不方便，我老婆怀孕了。"这下轮到父亲沉默，隔了几秒后，断了线。李白知道"怀孕"这话对父亲意味着什么，毕竟他母亲就是因为难产而死。母亲临盆那时，父亲正在地里忙秋收。回到家的时候，没赶得及见他母亲最后一面。这么多年过去，别家发丧，父亲会去，但如果是添子添孙，他准保不会到场。李白一屁股坐在沙发上，双瞳涣散，一双有气无力的眼睛在眼镜后面眨巴闪动。他扪心自问，自己是不是不该这样对待父亲。然而，他的思绪被一个陌生号码的来电打断。通了电话，他没想到还是自己的父亲。父亲说，刚刚手机没电了，正在用站台小卖部的公用电话。他忘了问李白，"要不要……打钱给你？"李老爹的语气喜忧参半。

这句话勾起了一些往事。王寅在大学时生了水痘，高烧39℃。如果不是父亲来京探望李白的时候，硬生生把王寅从上铺扛了下来，王寅估计现在已经在九泉之下陪他老爹下象棋了。他们把王寅送到了距学校最近的北医三院。从挂号到开药、办理住院手续，李白的父亲陪了王寅三天，花掉了身上全部积蓄。也是为了王寅，李老爹错过了回沛县的车。王寅病好了之后算过这笔账，看病的钱加加减减两千多块，但这救命的恩情就不知道该怎么还了。这让王寅在大学的后两年，一直唯李白马首是瞻。他总觉得欠了李白和他爹一条命。李白也确实把王寅当成亲兄弟对待，在王寅康复出院之后，他依旧帮王寅打饭，而且还多打了自己的出来，带回宿舍一起吃。他们的这种交好，很快被宿舍里的其他人传了出去。直到有一天，团委负责学生工作的张老师找上李白，李白才明白事态有多严重。

张老师开门见山就是一句，"啧，李白，你知道什么是'龙阳之好'吗？"

"我不知道。"李白坦白作答，他确实不知。

"那你知道'余桃断袖'和'泣鱼窃驾'的典故吧？"

"老师，您也是中文系毕业的？"

"别打岔！你还好意思提中文系。你把咱们系的脸都丢到全校了。现在谁不知道你和王寅，你们两个，啧，那个，那啥啥，对吧？"

"哪个？"

"就是那个！啧啧，你自己心知肚明！"

李白把这个故事原封不动地讲给王寅听，王寅听得从被窝里坐了起来。之后，王寅慢悠悠地走出宿舍，十多分钟之后又慢悠悠地爬回上铺。李白问他去了哪儿，王寅说："我在团委办公室门口撒了泡尿，便宜姓张的这狗孙，那可是我的童子尿啊。"

第五章　玻璃围城

　　王寅租的房子是一个老旧小区单元楼的地下室。他毕业之后，就一直住在这里。夏天潮热难耐，冬天阴冷无比，可他依旧坚持了三年。"不搬"，他跟李白说，住在这里就图一个舒服。李白不懂，这地下室每天听着外面熙熙攘攘的车声人声，连个透气的窗户都没有，就像把灵魂锁在充斥着霉味的桑拿房，怎么个舒服法？他劝王寅赶紧搬家。王寅坚持不搬。他说他就喜欢这儿。他还说，地下室才是真正的北京，过往人群的脚步声嘀嗒作响，时不时让他竖起蓝色的冷汗，毛发快乐地耸立起来。

　　自从李白的父亲来到这地下室，王寅才头一次感觉到局促。两个大老爷们挤在一张折叠床上，就算光着膀子，吹着电风扇，依旧热得慌。王寅不准备把李老爹在他这里的事儿告诉李白，但他觉得让李老爹一直住下去也不是个办法。他算了一下，从警局接回李老爹已经有小半个月了。

半个月前，他突然接到李老爹的电话，心里咯噔了一下，给他打电话的片警说，这老爷子已经在西客站南广场睡了两天。片警把老爷子带回警局，分明是义举，却被老爷子指着鼻子骂了一顿。一个派出所所有警力都围着李老爹转，目的只有一个，就是希望老爷子说出自己来北京投奔谁，可老头就是不说。等王寅赶到的时候，李老爹头发凌乱，身上汗津津的绒衣已经开始发臭，但精神头还可以。他不太像他这个年纪的农村人，非常冷静明达，显出一副深思熟虑、无所不知的样子。可王寅也知道，这样的李老爹只有小学学历。两人见面时，李老爹问他的头一句话是，"有烟吗？"王寅掏出一包"大运河"。李老爹拿了烟，把"大运河"的包装纸在手心翻了翻，一面印着北京天安门，另一面印着西湖三潭印月。老爷子叨唠了一声，"还行嘞。"

王寅带他去自己单位门口的包子铺吃早餐。北京的小笼包，四川人开的。这种小笼包铺子最多也就十平方米，能屈能伸，从大学生宿舍楼下开到国贸商圈的犄角旮旯。小笼包是拿竹蒸笼做的，按屉卖，一屉六个。包子没有汁水，尽是厚面皮。咬下一口是皮，再咬一口才有肉，再一口就没了。王寅递上十块钱，拿了两屉。老板递过包子的时候，王寅问，"上周还是八个呢，现在怎么少了？"老板面黄肌瘦的，大眼泡子在他说话的时候向外有节奏地鼓鼓，他说，"上周美元对人民币还是七呢，现在都快八了，这钱都不是钱啊？"王寅指指老板身后冒着热气的大锅。老板回头瞅了一眼，叹口气说："行吧，行吧，送你一碗热豆浆。"王寅终于笑了，说："两碗，我们俩人。"

　　喝完豆浆，王寅带着李老爹坐公交车，从他住的陶然亭公园到北四环的红城山庄，他们要穿大半个北京城。如果不是送李老爹，王寅不会主动去李白那儿。他受不了红城山庄的白色，俯仰即是，再加上小区内四处都是镜面玻璃，把那白得不能再白的白色反射得金光闪闪。每次和李白碰面，王寅回家后准保做噩梦。梦中是白色的天花板骤然下降，重重砸在他身上。他跟李白抱怨过一次，李白却说："北京城里不都是玻璃吗，再说了，哪个大都市不是玻璃围城？"

都市的通透而不练达，就是从光影掠过玻璃表面开始的。这座楼在那座楼的反光里，就像接踵而至的上班族，挤在早高峰地铁里的人，从不直视邻人的眼睛，却通过玻璃的反光观察着他们的一举一动。所有人都活在他人的反光里。反光的流行，正以迅雷不及掩耳之势蔓延着。王寅抱怨无效，他也知道自己的观察力不如李白敏锐，他做任何事情都是慢两拍，后知后觉。就连讨厌玻璃（后来发展成讨厌包括镜子、反光板、铝板和金属板在内的一切反光材料）的事儿也是在李白的订婚派对上才意识到的。他讨厌李白租来的那辆劳斯莱斯，他讨厌车头上那个会反光的小飞人。在派对上，他是唯一一个穿球衣和短裤的人，他到场的时候才发现那天的穿衣要求是"迪斯科风格"——要么穿"Bling-Bling"的亮片衣服，要么穿平整妥帖的燕尾服——总之要想办法让自己从人群中凸显出来。亮相？可王寅从来没有亮过相。他一路都扶着眼镜，端着一杯橙汁靠在舞池外围的一根立柱上。可恶的是，这白色的大理石立柱为了应景，都被贴上了镜面贴纸。王寅靠着柱子，觉得全世界在下沉——他起初以为李白是为了凸显那些虚荣无知的人才和他们并肩为伍，可现在发现他和那些他们曾经共同鄙视的逐鹿钻营、自大自负、肤浅轻浮的人已经没什么差异。

直到他看见柱子的反光，一个穿亮片短裙的女孩向他走来，他迟缓地扭过头来，那个女孩忽然亲了他。亲的是嘴，等王寅真正反应过来的时候，他不敢相信自己已经破了处。他枕边安睡的女孩卸了妆，与昨夜的那个"Bling-Bling"的女孩判若两人，她正在把她纤细的毛茸茸的小腿塞进银色的高跟靴里。她看了他一眼，狡黠地笑了一下。王寅看见镜中的自己正对着女孩发痴，她令他神魂颠倒。他好像是在看一本微微颤动的书，如此神秘而美妙，可他又纠结于自己的贞洁，他觉得"破处"怎么会这么稀里糊涂，以至于他忘了问女孩的名字和联系方式。王寅逃离红城山庄之后，一直对反光这件事情耿耿于怀，他甚至连李白都不想见，生怕李白洞察了他的变化。他明知道自己的想法可笑，却还是止不住责怪自己说："许梦娜，我对不起你……我的第一次本是留给你的。"

许梦娜好像从来都没走出过王寅的生活，他的钱包里现在还放着她戴粉色耳环的那张照片。在他破处之后，他特意将那张照片取了出来，摆在家门口玄关上，对着照片里的女人深鞠一躬。王寅关上门之后，在床上躺了一天一夜，他家没有窗户，这让他不清楚自己睡了多久。他在梦里看见了北京城的天际线，他看到他从皇城根脚下飞起，一直飞过紫禁城的门楼，飞过护城河，飞过故宫。他能观察天象，也能俯瞰苍生。他原谅了李白，红城山庄只不过是偌大北京城的一个点，一个指甲盖大小的点。李白没飞过，所以他看不清自己在这宇宙中的位置。绝大多数的知识分子、艺术家、诗人、学者，都被这个生他养他的土地所羁绊。这让他们不能腾起身来完全进入一个自然、混沌的空间。他们身上的标签太多了，无论多么自命不凡，却也都是这反光阶层的一分子——踩着他们身下的玻璃往上爬，但爬到最后发现自己不过是别人的反光板。王寅掠过雨光粼粼的夜空，看到街角的反光闪在两张熟悉的脸上，他讨厌反光，就这样一下子吓醒了。

　　醒了以后，王寅在家门口要了三屉小笼包。二十四个包子，三分钟就解决了。抹干净嘴，他决定回红城山庄寻找昨夜的"Bling-Bling"女孩。王寅设想的剧情应该是他不费吹灰之力找到了那个女孩，他与她在山庄的山林里，傍着水，静静地听彼此逐渐浊沉的呼吸，然后松弛地躺下。从舒家宅邸吹来的风，似沙似浪，卷起了树叶。一片树叶落在他的背上，许多树叶落了下来，风吹过，树叶拂过之后哗然褪尽。

然而，真实的情况是，王寅根本没能进去红城山庄，他在小区门口就被保安拦下了。那个保安脸特别长，五官挤在下巴上方，额头反倒显得十分空阔。他转动着黑棕色的大眼珠子，说他叫"长脸"。王寅出于礼貌也跟他交换了自己的名字——"王寅"。

长脸问："你干吗告诉我你叫啥名字？"

王寅答："那你干吗告诉我你的名字？"

"我是想和业主搞好关系，说不好能留下来。"

王寅看了一眼长脸别在腰上的胸牌，上面写着"实习保安"。

"没听说过，还有'实习保安'这么个职位。"

"转正的可能性大概……10比1吧，竞争机制搞一下，这帮人现在都争相表现，给业主提水取报纸，甚至还有接小孩上下学的。"长脸说完，扭脸瞥瞥十米开外的保安室。室内一些保安正捧着精装版的厚书琅琅阅读。

"他们在看什么？"王寅问。

"《牛津双语词典》，转正考试要考。"长脸叹了口气，脸上的五官局促地抖了一下，"真是搞不懂，保安都要分出个三六九等。"

"咋说？"王寅掏出"大运河"，给长脸递了一根。

"你之所以能遇上我，是因为我期中考成绩最差，被派来守这个东三门，没人进出，俗称'狗洞'。这里根本遇不到业主，所以也就不可能有业主最后出来保我，我肯定留不下来。"

"你是哪里人？"王寅问。

"山东潍坊，你呢？"长脸问。

"你干吗问我是哪里的？"

"你又不是业主，还不能问问了？"

"你怎么知道我不是？"

"业主才没时间跟我这扯淡呢，"长脸四处看看，好像怕人听到似的，压低了嗓门说，"这儿的业主都不是什么好东西，名人百态，你可没见过！而且，吃喝嫖赌占全乎了。我们队的人欺负我，经常给我排晚班。所以，我见多了有钱人的夜间生活。就前天，山庄里一个人家开Party，好像是婚宴吧。来了至少二百个姑娘，你一看那帮女的样子就知道是什么'工种'。不过，好看归好看……路子太野，也就是仗着舒家的面子，上边不敢拿他们怎么办。"

"那……你前天晚上值班来着吗？"王寅眼睛放光。

"你问这个干吗？"长脸瞪着王寅，立刻绷紧了脸上的肌肉。

"随口问问。我认识那个新郎。"

"你认识业主？"长脸忽然变脸，空阔的额头泛着期待的油光，他说："真的假的？哎，兄弟，你抽不抽烟？"

"谢谢，不抽。"

"那能不能替我引荐引荐？"

"我其实是想问你那天来的姑娘里，有没有一个穿银色闪光亮片短裙的女孩？年纪很轻，看上去顶多二十岁。"

"姑娘多到如夜空星辰啊老兄，Starry Starry Night！"长脸说完这句英文，非常满意地回味了起来。他靠在有狗洞的那面墙上，一只脚搭在另一只脚上面，仰望着天空。只不过，天空艳阳高照，没有一颗星。

王寅一怔，没有星星的白天也晃得人难受，他说："我画张像给你看吧，这样，我过几天再来。"

那张画一拖再拖，拖到王寅已经全然不记得"Bling-Bling"女孩的长相之时，他跟保安长脸成了朋友。他们有时会一起学英语，王寅翻箱倒柜找出大学考四六级的书，送给长脸。

有人看书求个心安，也有人看书图个面子，长脸看书是看个热闹。他自己也明白，像他这种连牛津大字典"A"单元都背不下来的人，这辈子也就这样。他不用功，是因为他用功了也不可能转正。红城山庄前几年招收的正式工至少会两门外语，这意味着英语学完，还要学一门其他的。他跟住在东区的家乐福大中华区总裁学了一句法语"Je ne sais parler"（实际上长脸少说了定语，正确的说法是"Je ne parle pas francais"）。等他再跟这个总裁的法国太太交流时，他发现她根本听不懂。那一刻，他意识到自己无论如何也留不下来，所以他也就打消了学法语的念头。王寅听了长脸的故事，那张画画得愈发像长脸了——一张人到中年碌碌无为，即将年老凋瘦的长脸——在华灯正亮的晚上七点整，舒适家的钟声敲了七下，他把这张纪念他们相遇的作品送给了长脸。长脸连"谢"都没说一声，默默把这张画夹在了牛津大字典"B"单元的开头。

又到了淫雨霏霏的时节，红城山庄的排水管在角落里咯咯作响。长脸接连几天在雨中通水管，淋了雨的衣服晒干了湿，身上生出一种落魄文人独有的气味。通渠时无聊，他会赋诗两首，天上地下什么都写，胡乱评论一番。他甚至只凭王寅那张与忧伤相关的画作就对"Bling-Bling"女孩的长相了然于胸。他是这么形容那女孩的——"吸引我的不是她的待人之道，她太热烈太轻佻；吸引我的也不是她的容貌，虽然别的男人都为她的容貌倾倒。她额头到双眉之间的间隔很宽。双眸闪着自信而忐忑的颜色，周围四散着暗点。浓黑的眉毛之间总是亮闪闪的，鼻孔的涡旋非常肥厚，在她哑光色红唇的衬托下，也是亮闪闪的。"王寅听得入神，他随着长脸声带的振动滑入了自己和那女孩的故事。只要他轻轻一动，又能立刻滑入那夜，在巨型的反光都市里，他握着装了橙汁的香槟酒杯，喝下去的全是夜空中的星斗。他的小眼睛瞪得溜儿圆，因为他又再次看到那个穿亮片短裙的姑娘，她正倚在舞池另一头的立柱上。她从她的小包里摸出了一个反光的盒子，先往嘴里装了一支香烟，又对着盒子照了镜子。王寅钻进了长脸，钻进了反光盒，钻进了香烟，钻进了他自己。他觉得不需要再苦苦寻找那个女孩了，每当他想她的时候，长脸可以为他造梦。

梦中，女人的颜色有很多种。人们用粉色来形容柔美鲜嫩，单是一个粉色，漆皮与磨砂大有不同，玛瑙与琉璃也不同，还有珊瑚做的西瓜色挂件——圣母玛利亚抱着小耶稣——从李白红城山庄的房子挂到了王寅的地下室。王寅家同一面墙上贴着招聘广告，还有几张摇滚乐队的黑白海报，被雨浸湿了，海报的一角已从墙面上脱开。

在长脸开始背"B"打头的英文单词时，他经王寅的介绍认识了李白。李白那天穿了一件白衬衫，配了一个藏青色的领带，他戴领带去，是因为下午约了他老丈人谈事。他没有告诉王寅自己手上有一本小说要出。王寅也没告诉他，李老爹在他家已经住了快一个月。然而，李白找王寅办事，让他去找一个和李老爹年纪相仿的中年男子，也属于"激情犯罪"的下场。说下场一点儿都不过分，李白见了长脸，心里就开始犯嘀咕了。

李白跟长脸说的第一句话是一个问题，他问："你通常跟萍水相逢的人都说些什么话？"

长脸回答："我说话。"

　　这句话莫名其妙地抓住了李白的心，他喜欢只是说话而不顾说话内容的那种人，正如他向往遁世离群的生活，试图以拒绝说话来填补生命的不可靠。长脸对李白的看法很简单，他听说李白是个作家，故意选择了一种作家可能会喜欢的回答方式。"我说话"是从杜拉斯的《卡车》中来——卡车司机问《卡车》里的那个女人，通常她跟萍水相逢之人都说些什么的时候，她仅仅回答"我说话"。在这里，"我说话"似乎在声明他们此刻正在言说的东西永远无法被真正言说。这对李白而言无疑是个打击，他知道自己和妻子的关系是在语言的内部出现了问题。换句话说，对他们这对情侣而言，一切都只剩下言说，仿佛言说是必需的，仿佛只有这样才能确认他与妻子的"在场"。李白又问了长脸住哪儿、平时看什么书之类的话，最后问了他有没有老婆。长脸也不是故作深沉，他先说他也曾渴望过女人香喷喷的胸脯，但他不具备这个条件。他要在北京生存，最重要的是活着，没有女人反而有利于他好好过活。后来他又补充说，他如果能够转正，他想用年终奖置办一个充气娃娃。说这话时，长脸的脑门高高耸起，他脑门上的汗缓慢地滴下来，像是一个虚构的爬山者在一个冗长的故事中段在山顶遭遇的暴风雪中不断呼喊的话。充气娃娃变成了他的信仰。

"我来帮你想想办法。"可能是受长脸影响，李白说这话时也带着一种崇高之感。他压低了声音说："但你要先帮我一个忙。"

疾风，骤雨，长脸笑了，他回答说："没问题。"

那一瞬间，王寅反倒成了局外人。他自以为了解的李白变得陌生而疏离，他刚刚结识却心生认同的长脸变得笃定而认真，似乎只有他，在义务帮忙的过程中失去了自己的位置。他记不起来自己是如何认识长脸的了，他甚至记不清李白究竟是住在上铺还是下铺。

王寅回到家后，见到了李老爹，才意识到他今天是去跟李白交代实情的，但他竟然忘了说李老爹的事儿。这老头总不能跟自己住一辈子吧。王寅算了算，他现在手上有两个无所谓，一个是李白对这老头的，另一个是李白对自己的。猝不及防地"失宠"，让他整晚辗转难眠。他从见李白的第一面开始捋，他惊讶地发现，自己对李白的判断从未清楚过。他唯一能抓住的就是自己对李白的情感，他是真心把他当兄弟看。在他生水痘快好的一个月里，他为了李白延期了"宿舍隔离",目的只有一个,就是给李白提供与女友私会的机会。李白没钱租酒店,又好面子,不想让女朋友掏钱。王寅主动提出让他们在宿舍里私会。王寅躲在上铺,盖着被子,等同于消失。可他没有消失,他在上铺接收到下铺的每一丝呻吟与喘息,还有扭动。可他必须要把被子盖严实,这是他对李白的承诺。他感到自己正躲在一个"穷奢极欲"的海滩,他是一个有强烈偷窥欲的盲人。

毕业前,李白为了报答王寅,带他去了一次夜总会。他特意塞钱叮嘱妈妈桑,为王寅找个温顺漂亮的女孩。后来,女孩斜倚在包房内的扶手椅上,闭上眼睛,她在等着什么。他觉得她是在体察他的情绪,因为她甚至不会透过眼睫毛来瞥他一眼。两个人都变成了古典油画中的静物,或者他们根本就是一朵花,他通过她看见他。凑巧的是,他离开时发现房顶罩着一面玻璃镜。王寅告诉李白,这面玻璃镜便是他对这家店念念不忘的原因。不是女孩,不是妈妈桑,而是因为镜子。王寅喜欢枕着自己的双手看天花板,他看到自己的表情和女孩的屁股,啊,反光,反光啊,反光得要命!

第六章　克利夫兰郊外的晚上

　　远处就是公路，荒野里没有镜子。牛的叫声愈发明显，从远处一直飘进没有色彩的天空。荒野的水汽蒸腾成一片片的薄雾，慢慢沁到公路上来。李白一阵呆怔，可能是这薄雾的缘故，他撞上了前面的一辆车。这条路上只有这两辆车。被撞的是个四五十岁的白人妇女。她下车查看车屁股的时候叼着一根烟，她的头发湿漉漉的，借着吞两口烟的工夫连着打了三个哈欠。李白的老婆拱他下车去看看。李白去了，他用蹩脚的英文跟这女人辩解起来。女人报了警，她笑着耸耸肩说，没办法，谁让她的车是借的呢。说这话的时候，女人递给李白一支烟。烟快速燃起，带着热度，与雾融为一体。李白抽着烟，蹲在女人的车屁股下仔细检查，车屁股上蒙着一层水汽，水珠凝结在车身上。直到美国警察来了，李白还在看那个车屁股，他确认车屁股无碍之后，跟警察反复陈述"nothing bad, nothing bad"（没什么不好，没什么不好）。警察问他，有保险吗？他依旧指着车屁股重复同一句话。警察跟白人女人要了一根烟，两个人一起走了。三小时之后，警察回来了，他说他已经替李白通知了租车的公司，他们会跟进后续的事。警察还说，那白人女子向他提出了一个附加要求。女人要求李白跟着她到附近的教堂做一次礼拜。而最近的教堂也在克利夫兰的郊外，要驱车一个半小时。李白跟着女人去了教堂，他的老婆坚持留在附近的汽车旅馆。

克利夫兰郊外的教堂，是另一片荒野。教堂上方聚起了大块大块的云。树丛、围篱、羊群、狗窝，都飘浮在昏昏沉沉的迷雾中。他们进了那个白色的教堂，跨过了门口一个小水坑。那女人忽然回头看着李白，莞尔笑道："Be careful（小心）。"李白不知为何被她的笑容打动了，深情总是在猝不及防的时候不期而遇。他也不喜欢这个老女人，可是喜欢不喜欢或不怎么喜欢又有什么关系呢。在美国中部的这片荒原上，他们只拥有对方。

女人坐在祷告椅上，双手合十。她闭上眼睛，手肘杵在祷告桌上。与脑袋相隔不远处，她手肘下方的木头档里放着一本《圣经》。他拿起了那本《圣经》，他看着她，忽然明白了自己为什么要结婚——他渴望拥有的生活是黏上一个样样都光鲜强大的人，以此来藏起他意志力薄弱、缺乏自信的毛病。如果能够顺便藏起他对许梦娜的暗恋，岂不更好？他的坏习惯（他自诩是作家进而拥有了作家的洞察力）驱使他又开始打量起周遭的一切，那女人在他眼里竟然有了神的样子。"神"在这里是大写的。她的锁骨上闪着微光，他看见"光源"是一个圣母抱着小耶稣的反光挂件。这时，女人冲他说："Repent of your sins（为你的罪忏悔）。"李白学着她的姿势，眯起了眼睛，他感受到金色的阳光从教堂彩色的玻璃窗洒下来。李白用中文做了祷告，他说："我不该在雾中行车，一不小心撞到了她的车。可我不是故意的，我当时可能正在挨我女朋友的骂。我马上要娶她了，可我已经不记得我为什么要娶她。我也不是不爱她，我只是……主，对吗，我应该叫您主吗？我叫了您，可您能为我做主吗？我不知道要跟您说些什么，撞车这件事是我不对，但她看起来一点事儿也没有。您说，这不就成碰瓷儿了吗？我知道她也不容易，可，不，我太难了。"李白说得飞快，而且说完就号啕大哭。在这种忏悔之后，他又接着说："有一个晚上，我在灯下写我的小说，我斤斤计较着每一个字的运用，这时睡意压到了我。我看到死亡天使像一阵旋风席卷着我，在我得以向那种可怕的东西求饶之前，它已经击中了我。我惊呆了，当时我察觉到我那永恒注定的命运是什么了。我所做的一切事，好事无法锦上添花，坏事也无法改过自新。我知道，我所干的所有这些都已经不能取消了。您会被一种看不见的力量击中吗？然后，很快就把数不清的世界都抛诸脑后？我不想……那个景象……使我充满了恐惧。"他还以为自己只是在抽泣。

白人女子把他的头扳到她的肩膀上。

睡意被金色缓缓抱住，他的心里，一团柔软的薄雾降了下来。

当女人说"我爱你"的时候，男人正确的回答并非"我爱你"，亦非"我也是，宝贝"，而是"我更爱你"。坚如磐石的爱、莫要辜负大好青春的爱、春宵一刻值千金的爱都抵不过这一个"更"字。女人不会满足，男人更不会。说不透的是藏在人们心底的与爱无关的那些念头。

李白和他老婆结婚当天，来了很多人。大部分是他老婆娘家的亲友，京城各路的政要和显贵。这些人在如今这个政治环境下还愿意来捧场，足可见他老丈人在官商两道的势力。李白原来认识的人基本都是中文系的同学，往大一点儿说有几个作家朋友，这些人在《前进》《奋斗》《虚构文学选刊》上发表过一些文章。他们名不见经传，但在李白面前却又都能起范儿。李白跟他老丈人介绍作家A的时候，远远看到作家B走了进来。他马上扭过头挡住A的脸，为的就是不让B看见A。安排宴席的座位时，他又特意将A与B分开安排在两个客席桌。他吩咐下人，务必让他们之间的距离足够远，远到A说B坏话的时候，B听不到；而B揶揄A的时候，坏话也飞不进A的耳朵。如此大动干戈，只是因为B几年前走红时，A跟媒体透露说B是他一手捧红的。B听后非常生气，他一晚上列出了"装逼文人A之十宗罪"，公然在微博上对A口诛笔伐。A当然也不是善茬，又找了比他名头更大的作家C和D出面一起骂B，场面差一点儿没收住。直到一个明星出轨的消息爆了出来，微博热搜才被顶了下去。但B依旧不依不饶，他对媒体表示，"我跟你没完，见你一次打你一次"。所以李白和老婆坐在主桌，跟A和B保持着同样的距离，这种平衡感让李白感到舒服。

早一阵，他牵着老婆的手步入礼堂的时候，真的喘不过气来。他觉得宾客们喜形于色的模样让他作呕。尤其是所谓文学圈的这帮"腕儿"，无论是谁的场子都要出头，明里暗里都要压人一头。他不明白究竟是什么时候开始，文人完蛋了，但他明白一定是这帮人不再生产新东西了。

相比之下，李白更喜欢那些油头粉面的新贵，那些和颜悦色的地产商们。他们大多是李白老丈人的合作伙伴，挣了钱之后没地方花。他们在送孩子去美国读书、在波尔多买下酒庄之后还余有财力，夜深人静的时候，他们突发奇想，想要跟着文艺圈的镀镀金。"神童"李白的出现，算是正中这些叔叔伯伯的下怀。一场婚礼下来，李白接了不少活儿。有人邀请他去看歌剧、打高尔夫，还要跟他以文会友；还有人迫不及待地当场请教上了，用不知道从哪里听来的"浅析莫言与高行健文学"之见解跟李白攀谈起来。

李白陪了对方两杯白酒，对方还是一个劲儿说，"不够不够，你再讲讲莫言，他咋就比高行健晚拿这个诺贝尔和平奖呢？"李白喝醉了，"文学奖，是诺贝尔文学奖。"

接着，他从《红高粱家族》开始讲起，他左手搂着新婚妻子，右手搂着他爹，请来的客人都在如饥似渴地听。这些人的眼神里闪着的不是对知识的渴望，而是对故事的期待，他们想听的是内情和八卦，眼神扫过A，又扫过B，在A、B、C、D之间不断打转。他们想要零零星星捡点笑料，出了这个门立马拿去款待自己的朋友。

王寅的座位夹在李白的父亲和神父之间。随着乐队上台，他们仨一起往台上看。王寅故意不看李白的父亲，因为这爹根本不是李老爹。等最后一批宾客签到入场之后，李白和他老婆换了第二套礼服。他们被双簧管、长号、萨克斯管、短号、高音鼓和低音鼓簇拥着，挤在舞台中央，红着脸说些海誓山盟。王寅跟李白的"父亲"干了一杯，他们也冲隔壁桌的地产商笑笑。一通胡吃海塞之后，地产商的肚皮眼看着就要炸开，他的白衬衣已经不能靠那两根可怜的细背带分担重量。可他还是扭着跟他身边的美女打趣、寒暄，他那样子像极了古罗马大宴宾客的特里马尔乔。婚礼现场充满了各种不相识的人之间热情无比的会见晤谈。王寅看着他们,又给自己倒了一杯酒,他庆幸着好在没把李老爹交给这个没心肝的李白。

王寅想了很多,他认为纵使李白再嫌弃他的父亲,也断然不会让他流落街头的。李老爹是个好人,他不应该受到这样的对待。但王寅又开始为李白着想,这已成了他的习惯,他觉得他也不容易,"入赘"到娇小姐家,本就泥菩萨过江,哪有空顾及亲爹?所以这个"爹"最好是个摆设。如果今天来的是真爹,气氛反而不对了。王寅无法想象,面庞如胳膊肘一样结实的李老爹被晾在宴席上,一言不发。他觉得扮演"爹"的角色,长脸足矣。随叫随到,比送外卖的小哥还上心。而且长脸的普通话不错,丝毫不夹着他们沛县的水稻秧子味儿。

没有人在听李白发表爱的宣言。那个不知道从哪儿请来的白人神父,尴尬地坐在台下一整晚。他拿起了一小杯白酒,端详了一下又放下。有人向他敬酒的时候,他再摆设性地把这道具举起来。他不太会讲中文,在周围人开始离席社交、游荡的时候,他拿了一根筷子到桌下,开始"嗒嗒——嗒嗒——"地轻轻敲打桌子的背面。请神父来为新人证婚，这原本是李白的主意。但几杯下肚，十几杯穿肠，李白在不断变化的灯光下，在潮汐般起落的面孔中，他穿梭着，已然忘却了神父的存在。神父放下了筷子，双手合十，他试图跟李白搭一句话，但还是失败了。他说的那句英文太小太绵软，像水母的触须在海中游弋，他的"触角"最后只搭上了长脸。

长脸就是李白的父亲，现场知道他身份的只有李白和王寅。或者还有红城山庄的住客见过他，但他们也一定认不出长脸。因为他特意剪了一个板寸，收拾了胡茬，正经得像是经过了造物主的改造。他身上的阿玛尼西装并不合身，让他看上去像顶着帐篷的小矮人。他嘴里喃喃自语，背诵了一些他自己写的东西。他声音越来越小，生怕自己的灵魂从那帐篷中溜出来。

灯光越来越亮，乐队的演奏越来越快的时候，长脸与神父碰杯。长脸的语气不拖泥带水，没有诗意，他说："走一个！"神父真的喝下了那杯酒，那是他那天喝的第一杯也是唯一一杯酒。茅台太辣，辣得他赶紧找了杯水漱口。长脸拍着神父的后背说，这是他那天开口说的第一句话也是唯一一句话："我们家乡的习俗是，新郎新娘成亲拜天地的时候，要在老天爷像前面放一个斗，斗里面盛着高粱，然后在高粱中插上一百根香，你知道为啥不？"神父摇头，好像他听懂了一二。长脸继续说："斗中高粱，主要是希望小两口可以像高粱一样，节节高升。高粱还有旺夫的寓意，希望新郎在事业上闯出一番天地！不过呢，现在的人已经不再挂老天爷像了。我们家就离莫言家不远，他不是山东高密的吗，我是山东……"这时，司仪邀请神父上台，打断了长脸要说的话。李白也跟着走了过来，他的笑容中闪过一丝冷冽，他刻意拖长了提醒的话，说："爸，咱家种水稻，不种高粱。"

种水稻的渠里灌满了水，到了晌午，就变成一望无垠的银镜，长方形的。

第七章 也许这才是初恋

方佳佳五岁随着父亲来到北京，他们的落脚地是通州一个一室一厅的小房子。房子很小，小区的门却很大。大到可以让宽大的公交车从中穿行，她父亲告诉她，这是仿照着勃兰登堡门的样子整的。那时的北京，地产商最喜欢的就是仿制外国建筑，她父亲就深谙此道。父亲还带她去过北京西南边的世界公园，那是中国导演二十世纪九十年代拍摄大片的地方，埃及的金字塔到美利坚的白宫，"不出北京，走遍世界"。它跟深圳的世界之窗如出一辙，代表着北京人对世界的想象。这种想象甚至比现实美好得多，现在曼哈顿已不复存在的双子大楼却能在这里找到。

她的记忆中，几乎没有母亲，也没有人教过她怎么做女人。这对她造成的最大伤害就是，她没有认真穿过胸衣。她以有胸为耻，她上中学时还佝偻着背，她的双乳小巧却不精致。后来她上了大学，身材丰满一点儿了，可那胸依旧不见长。不知道是不是因为驼背的缘故，她的性格也蜷了起来，像一条毛毛虫。如果有人拿小棍触一下她的背脊，她会立马蜷起身子。她刚上大学时，带着中学遗留下来的神经质，与所有人都保持一定的距离。久而久之，她喜欢从同班同学对她的捉摸不透中观察自己。她有一张苍白、略带愠色的脸。这张脸是方形的，下巴上有些痘痘，颧骨处有小雀斑，这是一张让别人觉得在什么地方见过却也不值得仔细回想出处的脸。

她讨厌被人谈及长相。大学入学的第一天，她被一个师兄取笑，说她长得像周星驰电影里的"如花"。她气不过，上前解释说自己的这种脸型正是张爱玲笔下的六角脸。怎么可能像一个男人？况且她脸上根本没有黑毛痣。那个对她长相评头论足的人不说话了，他稍停了一会，眼睛停在方佳佳的脸上。她以为他认怂了，刚要得意，却听到他狂笑不止。他的那种笑极具穿透力，刺穿了方佳佳本就不算强大的自尊心。他的笑带着周围人的频频点头和不置可否的神态迅速包围方佳佳。打那时开始,方佳佳再也不读张爱玲了,她把张爱玲的书一页页撕下来,用她父亲公司的碎纸机绞得粉碎,再从她父亲即将面世的楼盘顶层把这些碎纸撒了下去。她站在30层高的楼顶,感觉脚下的北京是一片大海。她的父亲太疼她,在她学校对面的公寓楼买下了一整层。父亲的意思是,让她利用好这一层的空间,多结交一些好朋友。可她却哭了,她说她不要朋友,她只要老爸。说这话的时候,她如同小猫一样贴在他父亲的羊毛围巾上。父亲吻吻她的鬓角,和蔼地笑了。他还把她当成宝宝,抱起来转了一圈。她落地时,他喘着气说:"傻姑娘,爸爸老了,举不动你了,去找个举得起你、配得上你的人啊!"方爸爸对方佳佳的爱在旁人看来有点不能理解,这种爱像是在冰做的容器里盛满热水,在如今这凉薄的社会显出各种不合时宜。盛满了,溢出来了。方佳佳的同学因此更讨厌她,开始编撰她的故事,并坐实了她"爸宝女"的外号(与"妈宝男"意思相近)。流传较广的说法有两种:一是说方佳佳和她父亲二人搞不正当的男女关系;二是说方爸爸有恋童癖,曾在方佳佳小时候猥亵过她。证据就是一个业主在装修时凿开自己家的墙，在墙体内意外发现一行工工整整的大字，写着"方佳佳一生平安"。

"爸宝女"在中文系待不下去，这跟李白打人恰好是前后脚的事儿。方佳佳在团委老师的办公室哭了一整个上午，等到快吃中午饭的时候，他们班的一群人押着李白找上门来。团委的张三丰（没有人知道团委老师到底叫什么，但因为他说自己小时候跟师傅在武当山练过，大家都喊他"张三丰"）正愁没人批斗，毕竟安慰人不是他的长项，骂人才是。他没听到方佳佳要转系的要求，就已经打发了方佳佳。他给她的"结案"理由是，"年轻人总要经历一些社会操练嘛，难听的话听多了就习惯了。你自己行得正，他们底下再搞小动作也不怕。实在不行，你就过来向我报告。"张三丰离开书桌的时候，站起来先扎了一个马步，他运了一下气，接着两手从推云捧沙慢慢转成大鹏展翅，"飞"了一会儿之后他饶有余味地"降落"在他的位置。他身后的小男孩拍手鼓掌。他说："啧，钢蛋。"小男孩傻笑了一下，低下头继续玩自己手里的魔方。张三丰摆正了桌子上的文竹，正了正衣领，摆摆手让门外的一大帮子人进来。

"你们怎么不上课去？成群结队地耍花灯呢？"张三丰说。

"报告老师，李白不知道哪根筋不对了，他把'台湾仔'给打了！"同学堆里躲在后面的一个声音说。

"受害人在哪里？我看看打成什么模样了。"

"报告老师，受害人还在案发现场，被这个傻逼打懵了。"同学甲说。

"啧，这位同学，你不要说脏字哦。"

"报告老师，甲说得不对，'台湾仔'是被吓晕的，不是被打晕的。"同学乙说。

"你哪只眼睛看见他是被吓晕的，你说！"同学甲推了同学乙一下。

"啧！在我办公室里还这样，还有没有王法了？啊！"张三丰说这话时故意提高了一个八度，仿佛刚刚运气积攒的精气一下子从丹田升上来了。他借着这股气厉声问道："犯罪嫌疑人，人在何处？"

李白被拱到张三丰的桌前。

"李白啊，怎么又是你。你说你是不是当腻了三好学生，非要搞点名堂来引起我的注意啊？三天两头地给我找事！"

"我没打人。"李白说。

"我问你了吗？你瞅瞅多少人押着你来，你到底是激起了多少民愤！"张三丰说。

"他们是看热闹的，不代表'民'。而且我也没打人，'台湾仔'是自己晕过去的。"李白说。

"你牛逼了你小子，你代表民意了是不是？如果你代表了，那你告诉我，学校为什么还要设立我这个办公室？为什么还有我这么个团委负责人？"

"报告老师，您说脏字了。"同学甲和乙以及他们身后十几个人异口同声地说。

"啧，你们给我闭嘴！再说话，谁都别想毕业！"

正在局面陷入僵持的时候，张三丰身后传来"给我闭嘴，给我闭嘴……"的声音。所有人的目光都随着声音而去，纷纷聚焦在钢蛋的身上。

"钢蛋，好孩子，爸爸处理完坏蛋就带你回家好不？"张三丰说这话的时候轻抚着小男孩的头。

那小孩还是一直傻笑，他的脖子上系了一条围脖。围

脖很脏，上面沾着果酱和糖浆，还有黑芝麻糊、糖糕的渣
滓。所有人都在看这对父子，围观的同学憋着想笑却又奋
力忍住。李白看着孩子有点难过。角落里因为去路被学生
堵住而尚未离开的方佳佳一直在注视着李白，她看到他眼
里闪过黯然失色的光，她的心忽然被那种神色揪住了。方
佳佳差一点就站出来为李白说话，但就在她的脚往前挪的
时候，"物证"到了。

同学丙姗姗来迟，带着王寅的那罐凡士林。丙说：
"报告老师，这是俺在案发现场找到的！这上头有凶手的
指纹！"

"他不是凶手。"方佳佳小声嘀咕。

"那个铁罐是我的，还给我。"李白伸手去要。

"我说你是你就是。"张三丰对李白说。

丙不给，径直走向张三丰。

"啧，这罐子里一定装着不可告人的秘密。"张三丰笑
着说。他嘴角的皱纹显得歹毒又愚蠢。

就在张三丰的手指离"许梦娜"的头像相距不超过一
厘米的时候，李白纵身一跃扑向了那个罐子。

一秒钟之后，张三丰大"啧"一声倒地，凡士林罐摔

了出去。罐子沿着一个漂亮的抛物线，从团委办公室的书桌飞向窗子，掠过窗户之后，又从窗外奔向了学校操场中央，不偏不倚，无巧不巧地砸在了新任校长的头上。

接下来的一秒，所有人围到窗前。

新校长抬头看了看，所有人瞬间都从窗台边缩了下去。大家面面相觑。蹲在窗下的张三丰，他的眼镜不知道被撞到哪里去了。他瞪着牛一样的大眼，气哄哄地比着口型，告诉李白说："啧啧，你完了你！"

李白吓唬港澳台同胞的事儿，很快传到了校长耳朵里。校长爱惜人才，查看学籍的时候发现李白成绩优异，外地孩子在北京形单影只不容易，就松松手不予追究，只是把李白交给张三丰去处理。校长的宽容，被张三丰说成是他的宽宥。

张三丰不仅在全校大会上批评了李白，扬言要重罚他，还在批斗大会上多次强调——如果不是他为李白求情，李白这样的人根本不可能保住学籍。李白当然知道张老师这是在虚张声势，所以李白不害怕他，只是可惜了那个贴着"许梦娜"头像的凡士林罐。罐子是铁定拿不回来了。

　　方佳佳扔了张爱玲，却扔不掉张爱玲对她的影响。她遇到李白的时候，有一种幸福从天而降的惊喜。她想，他俩，一个是被人构陷的女诗人，一个是快要被定罪的坏分子，在那个下午找到了大多数诗人和坏蛋做梦都想不到的语言。她想要歌颂这次相遇，但她在团委办公室的角落里只想到了那句话，还是张爱玲的句子——"于千万人之中遇见你所要遇见的人，于千万年之中，时间的无涯的荒野里，没有早一步，也没有晚一步，刚巧赶上了，那也没有别的话可说，唯有轻轻地问一声：噢，你也在这里吗？"

　　方佳佳不是没试过压抑自己对李白的感觉，但她的情绪刚绷了几天，身体就耗不住了。她生病了，高烧不退，上呼吸道感染，反反复复快半个月，她父亲跟主治医生商量了许久，最后割了方佳佳的扁桃体。那块扁桃体直径达5厘米，红彤彤的像个桃子。在方佳佳看来，这更像是她的心。她多希望自己不要对任何人暗生情愫，可她控制不住她自己。她想起了张爱玲的一篇小说，《花凋》，讲的也是她这年纪的少女喜欢上一个男孩子的故事。不知为何，她脑海中浮现出来的李白就是一副贵介公子的模样。举手投足之间，都是足够的优雅与从容。她喜欢他，悻悻地，终于确定下来。她发烧的时候，也会幻想，未来某日，她脱光了衣服把自己完完全全地交给他。情人顶着火烫的脸，听着她急促的呼吸。可她又希望他主动掀开她的裙子，或者直接扯掉，她希望他在这方面真的是个恐怖分子。事后，她挽着他的胳膊，他摸着她的屁股，两人一起在暮色中散步。在出院之前，方佳佳命人重新买了张爱玲的书，她要重读张爱玲。

第八章　贵介公子

二十一世纪是一个5G时代，信息飞速发展、交错、爆炸。中国当下最有钱的新贵们是"信息一代"，他们通过互联网和C2C平台赚了钱，他们疯狂复制着自己的成功，贩卖成功学的边角料给赚不到钱的芸芸众生。他们自以为缺少的东西，都可以通过信息交易来置换，他们用带有"文化"字眼的包装纸为自己镀金。方佳佳的父亲就是跟一个做房地产互联网的大佬结了盟，两人联手撬动了美国湾区的地产。她父亲跟她说的最多的就是，信息交易对商业成功至关重要。但是她父亲也告诉她："婚姻不是交易，我只有你这么一个囡囡子。"

这些话方佳佳都听进去了，而且学以致用，用到了营救李白的行动上。她首先花钱买通了中文系的教务老师，帮忙打听张三丰的一些事。原来，那个待在团委办公室的小孩就是张三丰的儿子，叫什么"钢蛋"的。这孩子从小天资聪明，学习成绩特别好，小学三年级就代表全区参加市里的奥数比赛，第一次参赛就拿了个第一。张三丰特别喜欢把他带在身边，钢蛋很乖，去哪里都能安安静静一个人做数学题。

事情开始变化也是因为一条尚未公布的消息，前年，团委要提拔一个青年干部到市共青团。候选名单中除了张三丰，还有一个刚入职的女老师。张三丰无意间在洗手间听到两个学工办的老师聊起这个新来的女老师，说她是前任校长的侄媳妇。就因这一句话，张三丰将近崩溃，他又急又气。他想起今年春节为了带钢蛋回老家而错过给校长送礼，恨不得立刻抽自己俩嘴巴子。弥补，他除了"跪求"领导，确实也想不到什么更好的法子。他大半夜拉着儿子到校长家楼下坐了一晚上，就为了守校长。

第二天早上，领导是等到了，但儿子却发了高烧。他没办法，他得先跟领导谈，只好把儿子藏在草丛里，把身上能脱的衣服全给儿子盖上。他穿着短袖跟领导谈了三个小时，一阵感激涕零，一阵捕风捉影，他透露了几个他观察到的学校基层工作的小秘密。校长听得津津有味，但到最后也没有承诺他什么摸得着的东西。校长只是语重心长地拍了拍张三丰的肩膀，让他把学生们当成自己的儿子，多给机会，少找麻烦。张三丰听不懂这话的意思，他以为校长这是为不给自己升职而随口找的话搪塞他。他这一遭算是落寞而归。等他再想起儿子时，这孩子已经烧得不省人事了。医生给的官方解释是："发烧过程中体温过高而导致惊厥，引起颅脑脑细胞大面积受损。"张三丰听不懂，医生又给他打了一个比方——"有根电线太热了，烧断了，这根线就坏死了。你儿子的脑子大部分'电线'都坏死了。"再之后的事，就是方佳佳见到的了。钢蛋跟爸爸形影不离，可无奈他爸还是老样子，只对当官和斗人感兴趣。

"想要乘虚而入，就得找准一个点，由点及线再及面，逐个攻破。"方佳佳告诉自己。她的点，最后落在张三丰儿子钢蛋的身上。

光一个早上，她就托人送去三顿外卖，三大包零食和三大箱玩具。她的意思很明确，这些都是糖衣炮弹。等她人到了团委，她又当着张三丰的面，亲自喂钢蛋吃饭。钢蛋咧着嘴笑，口水不小心全摇晃了出来，稀稀拉拉地泻到他脏兮兮的围脖上。

方佳佳看着钢蛋把鸡蛋糕和烤香肠大口塞进嘴里，看着他咕嘟咕嘟大口喝橙汁和牛奶。钢蛋的样子，像极了一个小饿死鬼，从没见过这么多好吃的。张三丰在一旁讪笑说："这孩子就这样，病了以后食量大得吓人，啧，一周能吃光我一个月的工资。"方佳佳摸摸钢蛋的头说："他是把能量存储起来，准备第二天再用。对不对，钢蛋？"钢蛋笑了，门牙掉了一颗，剩下的那一颗闪动着特别洁净的光泽，他笑得夸张，牙龈都笑变了形，好像要帮已经掉了的那颗牙笑出它的那份开心。

这种对陌生人突如其来的关怀，究竟是出于功利心的还是纯粹的善意？这个问题，方佳佳不是没有想过。她甚至想过，就算这个事儿没成，她隔三岔五地还是要来看看钢蛋。她也为钢蛋可惜，投胎找谁不好，非要找上张三丰。钢蛋是个天才，至少曾经是，可天才却抵不过枉然的命运。那么，抵不过的是不是就不该称为"天才"？她想到这儿，脑中又浮现出李白的脸——一张标准的谢列勃良内公爵的脸——善良中带着一丝狡黠。他，花白的头发已经开始斑秃；他，脚蹬一双轻柔暖和的拖鞋；他，捋着自己同样花白的胡子（同时摸着自己额下的长髯）；他，大力地将她揽入怀中。这想象勾连出新一轮的矛盾。方佳佳不希望自己变老，衰老是对女人最残酷的诅咒。但如果李白变成白头老翁，她自己又难免沦为白发老妇。童叟无欺的"叟"，说的就是这个意思吧。

她马上把A.K.托尔斯泰的这本《谢列勃良内公爵》扔到床底下，她觉得这是托尔斯泰的问题。可她不愿像她父亲，装腔作势地读几页陀思妥耶夫斯基。陀思妥耶夫斯基之于她，就像是一个十足的白头翁，宏大、古板，有时悲凉。至少，托尔斯泰有时还带着些颜色，有贵公子和情妇、贵妇和破落户、破落户和破落户相恋的情节，慢慢慢慢，整个房间都是李白的声音，回旋着托翁小说的颜色。她用黑塞的《荒原狼》换了《谢列勃良内公爵》。《荒原狼》是她上学期旁听文学批评课时买的书，她当时看完后还兴冲冲地在微博上发表了长评。可她现在拿起这本书来，压手的重量却像一个没煮熟的鸡蛋。她掂量着它，感到蛋清和蛋黄都团在一块，这让她对读过的文本又陌生起来。她只能记起《荒原狼》的叙事结构，这小说在现代文学史的地位，还有……李白在课上朗读选段时的模样。那是一个年轻气盛的李白，有着托尔斯泰笔下沃伦斯基一般的脸庞。她不管，她印象中的他就是金发碧眼，从头到脚闪着金光。

他在朗读课文的时候，莓红色的嘴唇一开一合，语气融在那声音之中，让课室的白墙褪色发黄。他那精灵般的尖耳朵随着嘴而翕动，伴着他的诵读：

> 这时，荒原狼向我看了一眼，这短短的一瞥是对那些奉承话的批评，是对报告人格的批评，呵，这是不能忘却、非常可怕的一瞥，关于这一瞥的意义简直可以写一本书！他的眼光与其说是嘲讽的，毋宁说是悲伤的，而且可说是悲伤至极了；这一瞥露出了他不可言状的失望心情。在某种程度上，他坚信这种失望完全有理，失望成了他的习惯，他的内心世界的表现形式。这一瞥中包含的失望成了他的习惯，他的内心世界的表现形式。这一瞥中包含的失望的光亮不仅把

爱好虚荣的报告人的人格照得清清楚楚，而且还讽刺了此时此刻的情景，嘲弄了观众，使他们失望扫兴，嘲弄了演讲的颇为傲慢的题目；不，远远不止这些，荒原狼的这一瞥看穿了我们的整个时代，看穿了整个忙忙碌碌的生活……这眼光似乎在说："看，我们就是这样的傻瓜！看，人就是这个样子！"

李白合上书的时候，神情安然、平静，他不说话时，眼里的光也聚拢了。他回头顺便瞥了一眼教室后方墙面上的钟，他掐着时间，12点钟要准时冲出教室，以火箭甚至流星的速度冲到食堂打饭，为了抢红烧狮子头和水煮牛肉。星期二中午，这两道菜半价。如果说这一瞥里暗藏着欲望，那也是与吃有关的念想，夹杂着对王寅的兄弟情义。毕竟他要为王寅多打一份饭。

李白对《荒原狼》的感觉从不像方佳佳那么强烈，他对过去的人和事总是提不起兴趣。相比之下，他倒是更喜欢那些沁入灵魂的东西。这种反差让他在步入社会之后很快学会了"说一套，做一套"，取悦人的方式很简单，就是让自己成为别人揽镜自赏的那面镜子。李白口口声声说喜欢陀思妥耶夫斯基，实际上心里揣着的却是更小众的一撮人——曼德里施塔姆、勃洛克、叶塞宁，还有写过长诗《穿裤子的云》的马雅可夫斯基。这帮人的共性在于，他们都是用塌陷的眼睛盯住死神的男人。当然，他觉得赫列布尼科夫也相当好，他的"诗力"堪比原子弹，横跨了两次世界大战和冷战，即便到了1995年还被一个俄罗斯乐队改成了摇滚乐合辑。那张专辑早就绝版了，王寅为李白搞来了一张。据说还是通过"台湾仔"，海峡对岸那边的货新且多。改编成音乐的赫列布尼科夫依旧未来感十足，可是没人能听下去。纯艺术是天才之作，应该是天才在挖鼻屎时毫不费力创作出来的，然而，根本不需要读者和听众。

　　不过，方佳佳发现李白并非自己想象中的样子，也是他们确定关系以后的事了。她本想着"李白打人"这档子事儿被酌情处理的真实原因就不必跟李白说了，但李白总在半夜上厕所，一去就去几个小时，这件事激怒了方佳佳。她在跟李白吵之前，仔细回想了一下，她也觉得为这点小事不至于，但她就是气不过，李白搬到她的公寓（那时方佳佳还住在方爸爸为她购置的校门外的精装修平层），他不穿UGG兔毛拖鞋，非要穿他从自己宿舍拿来的"十元店"拖鞋。塑料拖鞋的胶底在她家实木的地板上咔嗒咔嗒响起，急匆匆穿过楼道，那一整个平层骤然变成一个狭长的甬道。只有雨后江南小镇的青石板路上才会发出类似的声响。她被这声音震得难受，同居的这段日子已经将她最初对李白的肃敬之爱消耗得差不多。她不再是"有女怀春，吉士诱之"的热恋状态。她不断地埋怨自己在北海公园的鸭子船上半推半就，身子一斜，就这么便宜了李白。她窃以为肉体之欢倘能与精神之恋二美并具的那点存念，如今就显得有些可笑了。

大约一年前，方佳佳和李白去美国自驾游。李白为了换美国驾照，在淘宝上找了个不靠谱的中介，人还没到国外，先被骗了小几万块钱。最后还是方爸爸找了美国的地产合作伙伴，帮李白安排了美国的驾照考试，他网上考试顺利通过后，先拿着一张纸做的"Permit"（通行证），在纽约州里带着方佳佳转了转。几个星期之后，路考过了，他才瑟瑟缩缩地上路。他不分昼夜地开着车灯，往人烟稀少的僻境驶去，这灯是为了给他壮胆，也是为了警示来者，这车上坐着的可是中国来的达官贵人。

方佳佳骂李白是"凤凰男"，不是打趣他，而是真心觉得他"烂泥扶不上墙"。她甚至觉得，赔了自己不成，还赔了她老爸。难听的话，她天天说，在只有他们俩的高速公路上，她的讽刺从不重样，花样远超他们路过的高速快餐店。单单一个汉堡，她不吃酸黄瓜、不吃Cheese（芝士）、不吃生牛肉，她怕吃了便宜货拉肚子。按照她的标准，她能吃的（吃了准保不会有事的）只有夹牛肉的那上下两块面包。可即便如此，她还是要求李白按照她的意思逐一剔除她不能吃的东西。李白硬着头皮挑了出来，他正要吃自己的汉堡，谁知遭到了方佳佳的阻止。她要他陪他吃一模一样的东西。她不喜欢的不能吃的，也不许他吃。她是这样解释的："以后我们结了婚就要夫妻一条心。你听没听说过一句话，你老婆的朋友未必是你的朋友，可你老婆的敌人一定是你的敌人。"

晚风在繁星闪烁的天空和巨型广告牌时明时暗的灯光之间吹拂，方佳佳从敞篷车里站直了身子。她看着前方远远的连成片的光点，那是今晚落脚的地方，在这荒原之中。她的这丁点儿的得意（不如说是快意）却被驾驶座的司机李白打断了，她恼得心怦怦跳，就是因为李白问了一句，"你既然这么喜欢乡村，不如春节跟我一起回老家看看？”

“这里不是乡村，这里只是这里，你不明白吗？”她凝视着光影闪动的夜色，仰天大声说道。她的样子像一条荒原狼。

“我家也可以成为你的‘这里’。”李白仰望着她，哄着她说。

“你那是农村，不是乡村，更不是‘这里’。”方佳佳说。

这时，黑夜已经爬过山顶，他们离成片的“星光”越来越近。方佳佳的身后，几头壮实的牛忽然发出了“哞哞”的叫声，它们仿佛听到了他们的对话，而且听懂了。它们盘踞在通往农田的思路上，那些灯火通明的地方逐渐暗了下去。

“你再不开快点，我们就只能住鬼镇了。”

“我希望我俩能过一种诚实的生活，至少……”

“别废话了，开快一点。想吵架的话，到酒店再说。”

“我查了，这个镇上可能没有酒店，好像只有一家汽车酒店。”

“所以呢？你准备让我睡车里？”

"汽车酒店也是酒店，它不是你想象的那样。"

"你知道在我眼中，酒店、宾馆、旅馆、民宿和风餐露宿的区别吧。如果让我睡汽车酒店，还不如让我睡大马路。"

"老婆，告诉我，你喜欢我什么。"

"什么？"

"没什么。"他小声说道。

曙光初现时，她躺在汽车酒店的小床上，鼻子里发出了二百多斤大汉才有的鼾声。他在地铺上翻过身，背对着她，均匀地小口呼气。天空开始变白了，日出前的蓝色阳光正在穿透百叶窗的缝隙，他从未在任何书中看到过这么可怕的日出。他一点点地看过去，看见了围着他们的鬼镇烟火。

一股又湿又冷的空气飘了进来。他打了一个寒噤，接着，天就亮了。

第九章　进城

　　邓小邓那边有信儿了。他还是坚持把《禅学随笔》改成《性爱随笔》，或者干脆起名《滚床单日记》，怎么通俗怎么来。他最后想了想，或许还是《禅与性爱》最妥帖。他和李白各退一步，选个折中的书名，这样最能体现兼容并包的社会主义核心价值观。邓小邓的禅法修炼，练到这个地步，算是悟道。等他靠禅学开上豪车住上大别墅，在他看来，才姑且算是入道。为了证明他的坚持是有道理的，他先改了一段李白的性爱描写，按照他的说法，"这是在现有条件下最恰如其分的修改"，改后的文字如下：

粉红的血液涌上她的脸颊，我却并没有因此停下来。我快速地削着苹果，像猴子转动苹果一样飞快地削着苹果。苹果脸红得快要流泪了，我顿了一下，用力地削开她的瓤。刀即将要出鞘的时候，苹果眨着迷迷瞪瞪的双眼问我，爱不爱苹果。我的反应只是疲惫地笑笑，但刀却怎么也停不下来了。最后一刀下去，我看到在南方的海滨，春寒料峭的海滩，银白色的沙滩上屹然伫立着一棵桃树。淡粉色，不，香槟色的桃花正在盛开，我在血液中感到不可探测的宇宙在旋转。那把刀终于把苹果连皮带肉地削下来了。白色的床单上遗下一圈又一圈红粉相间的苹果皮。

其实他只做了两个改动，把"她"替换成了"苹果"，把"萝卜"也替换成"苹果"。小邓使用"苹果"的感觉，就好像一个从未听说过苹果的人，非要把一颗大西瓜安插在苹果的类别里。他绞尽脑汁地给这西瓜取个类似苹果的名字，"粉苹果""金粉苹果""香蜜苹果"等。他自己反倒变成了一条狗，在连他自己也搞不清楚所以然的东西旁边嗅来嗅去。这东西，他最后只能管它叫"苹果"。

邓小邓坚持认为，读者读到第一句话的时候就已经"嗨"了，读到第三句就会血脉偾张，而读到"那把刀终于把苹果连皮带肉地削下来了"时，读者一定觉得这本书非买不可了。毕竟都把苹果写成这样了，谁还好意思只看不买？

可邓小邓依旧有些地方不满意，他问了李白投稿《现代性学大观》的具体操作，见李白面有难色，他反倒露出了释然的表情，他说："也许是我没打点到位，我觉得你的稿子好，可他们未必能看出你的好，但这没关系，总有办法能让别人看出你的好。如果你的稿子不够好，我们就'加'那么一点，让它好一点！再者说了，你的稿子本身就不错。"邓小邓说这话的时候，手指做了一个数钱的动作，这让他的话听上去颇有禅意。李白与他四目相对，忽然窘迫起来，他搓着前额，竭力找寻着话题。小邓的手还重复着这个动作，除了大拇指之外的四指灵活地依次转动。

"你应该去当魔术师。"李白说。

这么好的一双手只是在"削"小作者的文字，未免可惜了。但李白不知道的是，小邓在入行当编辑之前，曾经是一家八卦小报的记者。他的谋生方式，除了抢报明星通稿、围堵明星婚外情现场，就是收红包。准确一点说，收的是封口费。小邓发家致富的一次是意外在三里屯的一家寿司店门口追到Coco Xu和神秘亿万富豪男友烛光晚餐，这次他从Coco Xu的经纪人手中拿到了五位数的"新闻买断费"。他没有巧立名目，也没有漫天要价。业内都知道，他邓小邓属于新生代娱记，这个数算少的。即便少，小邓也用他灵活的手指头数了整整一晚上。他翻来覆去地数。他数得越快，数得次数越多，好像这钱也能生钱，财源滚滚而来。小邓的手终于停了下来，他说："你知道Coco Xu是谁吧，我人生的第一桶金就是从她身上挣的。我撞破了她的恋情，不过也成全了她。"

小邓为什么会忽然提到许梦娜，李白一晃神，险些错过了"Coco Xu"这个名字。他扣起双肘，肘部抵着桌沿。在一张彩绘着红木纹路实则不是实木的长桌上，他仿佛吞下了涂在这桌面上的廉价油漆。他的喉咙灼热，那感觉就像有人故意往他舌头尾部塞了一个火星子。他想压住自己的兴奋却又忍不住扬起了声音，说"不……"，第一个声音一出，邻桌的戴着耳机看电脑的姑娘瞟了他一眼，他又立马压低了嗓音，"不认识"。他只说了三个字，却像是说了好长一句话。他随即叫了一杯冰水，咕咚咕咚给自己灌下去。

自那杯冰水开始，李白被塑造成"后感觉派"的主将，也是该派别首位和唯一一名成员。邓小邓为了在文学史上下足功夫，不惜挖出二十世纪初的日本新感觉派和1928年起在沪上红极一时的中国新感觉派，让李白在文脉上直通川端康成、横光利一。中国这边，李白要管擅长描写都市风景的刘呐鸥、施蛰存、穆时英喊一声"师父"。在这几个"Cosmopolitans"（世界人）之前，还可以追溯到海派文人的传统，不得不提的就有张资平、叶灵凤等人，他们恐怕要算李白的"祖师爷"了。总之，李白这个师承虽然不清不楚，却有了某种清清楚楚的希望。但是这希望并不便宜，李白最后还是汇给邓小邓一笔钱，至少五位数，具体的数字他没跟任何人提起。待小邓把上面这几个"大师"嚼碎了，揉成了一句诗之后，李白就彻底了却了申诉的念头。

那首诗是这样写的：

昏暗的马厩里，一只大眼苍蝇一头撞在角落的蜘蛛网上，于是不住地用后腿蹬着蛛网，上下晃动。
（横光利一《蝇》）

我凝望着壁龛里摆着的一朵插花，心里想道……
（川端康成《花未眠》）

他们互相拥抱着，漫步着，向那朦雾的深处跑
去——一个想着后天的"飞扑"，一个想着要从他的
怀里溜出去的这鳗鱼式的女子。（刘呐鸥《游戏》）

隔着雨的，我能看得见他们的可疑的脸色。（施
蛰存《梅雨之夕》）

小邓写完之后问李白，跟他的《禅学随笔》相比如
何？这是一个假问题，因为李白的处女作凭什么跟大师
相提并论。而且，即便不如大师，就一定证明李白的作
品不好吗？李白选择不为自己辩解，这笔钱权当是"祭
奠"古人。

当他老丈人问起书的进展时，他都说已经被出版社
相中了，一切正在紧锣密鼓地进行着，包括封面设计，包
括书号申请，包括校对和请名人写序。写序这件事太麻烦
了，李白的意思是，既然小邓私下收了他的钱，那就应该

负责到底。小邓既然以前做记者时认识一些名人，就可以顺水推舟地帮他办了这个事。他是这个意思，于是某个下午，他冒着灰蒙蒙的小雨，又去银行汇了几千块钱给小邓，汇了7716元，这次的数目他倒是记得清楚。原因是，他希望通过"7716"令邓编辑思考，这个数字的音译就是"求求你了"。李白没办法再汇更多的钱，这些都是他额外帮人润笔赚的私房钱。再多了，恐怕就要惊动老婆。如果向老丈人借钱，这个话他又说不出口。一则，老丈人已经在出书的事上帮了他一次（虽然没成功）；二则，他这个事儿太小，没必要拉下面子来求人，何况还是求一个品味只够欣赏俄国经典的老丈人。"7716"汇了，李白还没走出银行，就收到小邓的短信，一共五个字外加两个标点符号——"别急，正在搞。"

等了两个月，李白还是没有收到名人推荐序，却在自家门口的信箱里发现了一张金箔硬卡纸装着的贺卡。贺卡上没有寄件人的姓名和电话，没有邮戳。最奇怪的是，卡片上连一片雪花都没有沾。它的干爽，令它在接连下了几场雪的湿润空气中显得非常不合时宜。可这一周下两场雪的节奏，对北京来说也是异常罕见。他细细摸着金箔光滑的表面，叽咕着："莫非这贺卡是防水的？谁这么无聊，还这么浪费钱。"打开之后，李白才发现，这根本不是什么贺卡，而是一张邀请函。

这场大雪不知道还要持续多久，王寅扫码租借的共享单车在半路上就"沦陷"了。两个轮子不偏不倚地卡在了二环辅路的一处凹地。轮间距刚好是凹地的纵长，凹面上盖着半米多厚的积雪。如果不是他一脚陷了下去，他根本不知道有这么一个大坑，或许是个巨大的井盖也说不定。他想到之前在《新闻联播》上看到的通过偷井盖发家致富的贼。他不是贼，可他现在的身形又像极了一个偷井盖不成反被井盖卡住的贼。他勒令自己从一分钟前急切、焦虑、忐忑不安的状态中快速抽身，尽全力把车轮从盖口拔出来。他摘下年前李白送给他的分指手套，手套里竟然冒出一些微弱的热气来。他的手还没碰到车把就已经冻得发红，一种透明的赤红色，仅存的一点儿温度随着眼睫毛的翕合飘入了冷空气，寒意如浪涌上心头。

他扭了十几下，然而，车轱辘越卡越紧。这时皮肤上的红色已经消失，一双彻底冻僵的紫红色大手比停尸间已经死去很久的尸身还要陌生而无从辨认。王寅给长脸打了电话，他一只手拨起电话，另一只手搓着棉麻混织的单裤。他觉得冷，又去搓上半身的羽绒背心。可恶！他那只拨号的手冻得连指纹识别都失了灵。没办法，他只好先松开车把，两手搓着，手上一块红一块白的地方终于有了连通的迹象，他这才有了知觉，觉得这手便是自己的手了。他刚准备拨号，却又被身后的风吹了一个跟头。他扭头去看，一个黑帽子的人急速从他左侧闪过，他还没来得及反应，一个黑羽绒服的人就从他右侧撞了过来。

"这两个黑衣人约莫得有一米八。"这是王寅到派出所报案时说的第一句话。

片警说："你好好回忆一下犯罪分子的长相特征。"警察询问王寅的时候也学着他的样子搓起手来。

王寅清瘦的脸上没了声色，他咬着下颚，搓着一双非白非红的手。

王寅在二环路上的遭遇，长脸是第一个知道的。他去派出所接王寅的时候，穿着带毛毡领的加绒制服，在一群同样穿着加绒制服的警察中间，泰然自若，活像个领导干部。他在问王寅在哪个审讯室之前，还向门口的年轻片警要了一根烟。他见了王寅，两个人都没说什么，点点头，片警让王寅签了字就放他们走了。王寅始终没能解释明白的是，他骑的分明是共享单车，为什么还会在大马路上遭劫？

匆匆成形的雪花大片地落到派出所门外的玻璃窗上。外面的反光玻璃脏兮兮的，里面的磨砂玻璃被人抠掉了一小块，黑沉沉的光漏了进来。光映出长脸胳膊一侧的袖标，上面写着"保安"。王寅瞥了一眼，脸色一沉。他本能地转了身，走向门口的年轻警察。他向那人借烟，被对方拒绝。片警给出的理由是"北京市现在全面禁烟"。那个年轻警察说这话的时候也盯着长脸的袖标看，而长脸正叼着刚借来的烟注视着王寅如粉笔般苍白的额头。王寅没有恭喜长脸转正，他出了门长舒一口气，说："我就是这么讨厌反光，我大概不适合住在北京。"

雪还在下，下得密密实实，无声无息。到了后半夜，回陶然亭的巴士和地铁都停运了。王寅在长脸的宿舍借宿一晚，其实就是几个钟头，他卧在长脸的上铺，透过一扇半地下的窗户仰望山腰上住着的有钱人。这里暖气很足，是因为与红城山庄业主共有一个供暖系统的缘故。这些长相各异的业主们都在酣睡，忍受着同床异梦，却也做着大同小异的梦。"当昔日清纯的少女变成饱经风霜的妇女，她们的梦还会是同一个吗？""即便梦会重复，睡在她们身边的男人也不尽相同了吧？"长脸刚搬进来没几天，但他已经学会在别人梦的夹缝中酣睡。王寅觉得热却也无处申诉，就像他原本打算告诉长脸，李老爹离家出走已经三天了，可他最终还是没说出口。长脸也许不再是他最初认识的那个长脸了吧，就像李白也许也不再是大学时期的那个李白。

他现在对长脸比对李白有了更深的期望，不仅仅是因为长脸吟游诗人的特质，他在某一刻，甚至把长脸当作了父亲。于是他探出头去，看到下铺那个驼背一般弓着身睡觉的中年男人，他觉得他们本应该成为那种在北京这片雪地上高声喧哗的人。虽然王寅半生从未出过头或做过任何一件值得铭记的事，尽管他也习惯了以李白跟班的身份自居，但他还是希望自己可以和某个人一起，发出响彻寰宇的笑声。这个人可以是长脸。

翌日清晨，长脸带着王寅爬到半山腰。山脚的宿舍窗户被雪全部掩住了，宿舍旁边的梧桐树像是一捧干花，极不情愿地插在门口。他们又向山顶望去，舒适家的白楼旁边种着的日本黑松像是穿着银色铠甲的武士，守卫的是主人家的功德和福报。雪国，古都，千纸鹤，都比不上这里的"四季常青"。眼看就要到达李白家门口的时候，王寅站在一个风口，顶着把他的话全吹散的疾风，他跟长脸交代了实情——"李老爹丢了"。

事实上，李老爹此刻正在天安门广场，他一连三天每天上午都来这边遛遛。纪念碑南边是他们的一个据点，每天都会有一些老乡过来有一搭没一搭地找人做活，其实就是帮人搬家、装修刷墙这类的粗活。在北京，农民工之间毫无芥蒂，大家都是出来跑活，见了面都先喊一声"老乡"。这一声"老乡"能够喊到彼此的心坎里，瞬间拉近了天南地北的距离。如果李老爹应了他们，中午就可以跟着他们的车从南广场走，夜里或凌晨再回南池子这边找个胡同或地下室的出租屋住下，通常是在美术馆后街。有一家开小超市的老乡，他认识的人多，他说他们胡同里有按天出租的空房。

生活也没李老爹出来前设想的那般艰难。他经常能看到一些跟他一样无事可做的乡下汉，他们会攀谈一些自己村里的事情，说得最多的是鸡和小猪，妻子儿女反倒很少提及。这些天，有一个江西老乡跟他讲起自己在天津理工大学读书的儿子，老乡的手扒在栏杆上死死地盯着纪念堂看。他的眼神始终没移开过，他说："我砸锅卖铁也要供儿子读书，为的就是实现毛主席的号召！"李老爹和这个江西老乡一起上了车。夜里下工发钱的时候，李老爹把自己的钱抽出一半递给他。在银雪飞舞的旋风之中，李老爹低沉地说，替许多父亲在说，"我也有个儿"。

君君臣臣父父子子，大道理最后都落在了蜂巢状的小家庭。似乎在这个时代，再难找到一个完全契合儒家伦理规范的家庭，所以父不父、子不子的事情通常也就见怪不见怪了。

公交车的电视广播里循环播放着一条新闻，"华北地区遭遇十年内最强降雪，持续蓝色暴雪预警。目前已经造成三人死亡，十多人失踪。下落不明者目前正在核实身份，请有关家属尽早与有关部门取得联系"。王寅和长脸盯着司机桌位背面的电视广播屏发愣，电视中的女主播有着一张奇怪的脸，好像什么东西马上就要从她的脸上挤出来似的，司机一个急刹车，王寅被甩到了长脸身上。待公交停稳后，长脸立刻扶起他，并用打趣的口吻说："一下

甩出一车玻尿酸。"他说这话的时候，公交车刚好驶过鸟
巢，他们从红城山庄出来的第一站。许多人在这里下车，
下车的人穿着的高跟鞋上还留着昨夜的雪迹，此刻变成黑
皮鞋上棕色的土渍，难以想象北京的雪竟不是白色，它们
也沾在通勤人士的西装领子上，在夜里泛黄。一个黄领
子的男人挤了过来，把刚站直的王寅又挤歪了。他越过
王寅，直到把倚门站立的长脸挤下了车，才步履沉稳地
走下车。他抖抖自己的西装，夹紧胳膊肘下面的公文包，
过马路去了。

　　这些人和王寅、长脸并没有什么不同，然而挤在他们
中间，他俩还是感到不适。那些坐着的人分明醒着却要装
睡，在大爷大妈向他们走来的时候，他们干脆把眼睛缝在
一起，权当自己是个盲人。一个戴棒球帽的大哥，被一个
佝偻着背的老人问道"年轻人，能不能让个座"的时候，
他的鼾声陡然而起并且盖住了老人虚弱的问话。老人想要
推推"棒球帽"，但他一手拄着拐，另一只手还要在车辆
前行时抓紧栏杆。他只能眼睁睁看着自己被挤到长脸身
边，好在长脸把他的位置让给了老人。王寅看着这老人，
觉得他跟自己也差不多——在这大都市之中，被挤扁了，

压平了，磨去了年龄。飞灰似的雪片顺着车窗户的窄缝，都走到他们的眼睛里去，搞得他们眼睛里、鼻子里满是涕泪的酸楚。

由北到南的这条路，红绿灯是最多的。新雪伏在红绿灯上面，在湿滑的路面化作旧雪反光的润滑剂，红色、绿色、黄色，竟露出片刻的温柔。公交车从安定门外大街转入门内大街之后，反光的状况稍做缓解，这时车上的人也下去了过半。车身扭过安定门的圆形转盘，依次路过了灵光、永恒、柴棒、车辇店四个胡同。隔着车窗户向外看，王寅直愣愣地瞅着这街边五花八门的食肆，什么羊汤、烧饼、豆汁、油条、馄饨、卤煮，热乎乎的香喷喷的吃食，应有尽有。铜铝制成的大铁锅盖着棉被，就这么无拘无束地放在马路边上。辅路上骑车的人路过，无不嗅着鼻子去找这浓香的源头。老板模样的胖师傅守在那锅子的旁边，太冷了也不叫卖了，他筒着手揣在袖子里，用殷勤的眼光回馈着那些鼻子和那些眼睛。长脸说，他第一年来北京就吃了大半年的卤煮，刚开始吃可真喜欢，一口气能吃下几碗，但吃得日子久了，也就不觉得有啥稀奇，都是铁锅乱炖猪下水，吃来吃去，无外乎吃一个活着的念想。可即便听长脸这么说，王寅还是看着卤煮就犯馋，这里的玩意儿就是比他住的南城要高明，他一个半北不南的异乡人吃卤煮总好过吃四川人卖的江南大包。

那卤煮的烟在空中腾得老高，一直飘到道路中间才舍得散开。路中间的电线比蜘蛛网还密，一摞缠着一摞，王寅在想，卤煮的香味挂到了这电线上，接着通过每天几百趟的电车在硕大一个北京城里跑。电车笨拙而摇晃的状态总让人看了揪心，总觉得会有哪个刹那，一不小心，电车的触轮杆就会跳离电线。再等电车长下车来叮叮当当地摆弄电线和触轮杆，他们的公交车至少要堵半小时。北京的交通，就是在这没什么大事儿却总被各种小事儿耽误了的境遇中每况愈下，以"极其拥堵"而远近闻名。

这时，两个坐在车尾的妇女好像闹了一点儿不愉快。面黄肌瘦的一个问滴粉搓苏的另一个，"为什么你手上有小升初的补习班资源不分享给我？"油头粉面的那个用一双做过法式美甲的手捋着自己耳边垂奔下来的几根卷发，轻描淡写地说："我以为姐你是知道的，而且啊，我家小子说在这上了之后也没提高几分。"瘦子被她这么一激更生气了，她身子往后一仰，像帆船的帷帐一样鼓起劲儿来，对着圆脸女人大吼一声"呸！"她的口水溅得老高，甚至溅到王寅脚下。王寅为此特意低下头看。瘦女人见对手不接话，她把她挺直的希腊鼻子往上一抬，直教人看她细小尊贵的鼻孔。照她的话，如果当初不是自己帮忙，圆脸女人怎么可能买到北二环的学区房；没有这房子，粉脸女人家的孩子怎么能和自己的儿子考到同一所小学；不上这所小学，她这种人的儿子以后怎么上北京的市重点中学。瘦子特意强调了"这种人"三个字，最后，她又补了一句，"跟你们这些外地土暴发户做朋友，是我这辈子最倒霉的事儿，就凭我儿子的聪明，不上你这破班也能考上人大附中，咱们走着瞧！"电车晃着晃着走了，公交车绕过盘踞在天空中的电线，再往南驶去。瘦女人下了车，她的脸涨得比胖女人的胭脂还红。而那个富态的富太，那个粉面女人，下半个脸通红着，鼻子通红，嘴巴通红，通红一路蔓延到下巴。她不知作何缘故，捂着脸哭了起来，那哭声听上去更像是骇笑。

过了张自忠路，就从内城进到皇城。公交车走到北河沿大街和灯市口西街的交叉口就到了总站，再往前就走不过去了。这条街也是南北走向，贯通着皇城根遗址。虽是以纪念性碑刻为主，但王寅第一次瞧见，看得也是津津有味。长脸在他身边抽起烟来，他对这新中国成立后新造的"牌坊"没什么兴趣，他倒是更感兴趣这皇城根脚下聚集的都是政府最重要的职能部门——他的正面左手边挂着"中国民政部"的牌匾，右手边挂着国徽的是"中国最高人民检察院"。他掐了烟，再往南走不远便是明皇城东安门遗址的所在地。在到这个遗址之前，他们先钻进路边一家卖"河沿肉饼"的小饭馆。进门不到一分钟，他们就怯生生地出来了。原本想点一份炸灌肠、一份乾隆白菜和一份牛肉饼，但这三样东西加起来竟要一百块。长脸是这样解释的，他的话听上去特别有道理，他说："这个价钱是专门坑外地人的。"王寅反问："我们不就是外地人吗？"长脸咂摸了一下嘴，说："不，我们不是他们要坑的那种外地人。跟游客比，咱们算是北京人了。"

王寅没有反驳，"算"恰恰证明着"不是"，他想趁着雪天把反光没那么厉害的北京城画出来，因为他发现，这是一个他无法用言语来描绘的城市，就像他怎么也说不清那一晚睡在他枕边的姑娘究竟长什么样。假设他有什么天赋，那他觉得并诚挚地希望这天赋是画画儿。画

人，要像莫迪利亚尼或是弗朗西斯·培根那样画，肆意地扭曲人体，纵情地堆叠颜料。人没有眼睛，没必要有眼睛。他不必强求自己画得多好，只要能够勾勒出雪后的北京城足矣。

透过这座城，画中会有更多的人物自然而然地渗透出来。他们，如久盼未至的颜色，一个接着一个，"会是蛤粉色，雪的颜色？"形体周身通盈，散发着如痴如醉的颜色。不过，这些事儿都要等找到李老爹之后，再安排上。王寅不知道，就在他和长脸刚走出小饭馆不久，李老爹坐着三蹦子与他们擦肩而过。李老爹跟着蹬车的江西老乡一块回了他们在柏树胡同的住所。

第十章　夜宴

关于舒家，有很多传说。

有人说，他们是明朝崇祯帝朱由检的后人，落难到江南之后隐姓埋名置办家产，传宗的儿子都不敢再提自己祖上姓朱的事。有人说，舒适的父亲去世后，他是家族里的实际掌门人。但他很少住在红城山庄，他的权势也没有伸展到他父亲的实业王国，就连他父亲生前创立起的红城俱乐部——只有在1912年以前发家致富的家族才能参加的俱乐部，他也甚少光顾。但如果是他主办的活动，哪怕只有半次，北京的这些遗老遗少都会赏面光顾。即便红城山庄开办这么多年来，从未办过一次派对，李白有幸赴宴的这次还是头一回。

还有人说，舒适是中英混血儿，他去年拿到"英格兰文化勋章"靠的是家族跟欧洲上流社会的亲近关系。证据就是舒适曾一度与戴安娜王妃、邓永锵爵士交往密切，他们仨经常私聚的场所是周信芳之子周英华在伦敦富人区开的Mr.Chow。舒适曾经在Mr.Chow为这几个挚友演奏过巴赫的G小调赋格曲。据说当时引来了无数英国媒体的围观，场面堪比伍迪·艾伦在纽约Café Carlyle吹奏单簧管。光是围观的人就从骑士桥一直挤到文华东方酒店的门口，横长可跨半个海德公园。可是表演者置之不理，没放一个人进门。那些在阴雨寒风中焦急等待的看客，到最后也未能一睹这个华裔富胄的真容。这些看客扬长而去后，坊间的传说开始流传开来。众口铄金，所有人都说舒适神秘而俊美异常——一个人如果与舒适不期而遇，他会在与舒适对视的瞬间，感受到自己的皮肤被他干爽温暖的纤细手指所触碰，如钢琴家拨弄琴键，而这奇妙的感觉却又不包含一丝情欲。

然而，流传最广，李白通过长脸打听到的确切消息，是舒家创建的红城山庄只是他们产业的百分之一。他们真正发财的是冶金、制药和物流。但即便如此，舒适一个人就在千禧年购入了朝阳区北边三分之一的商业住房，红城山庄的位置正是上风上水的坡地。地势由南向北走高。北面的山坡恰好环抱住整个山庄，但又不会阻碍山顶住客凭栏远眺的视野。这种三面环山的格局亦是明代北京城建落的布局，此番对比不由得让李白相信了所有关于舒适的故事。这种感慨当然是聊胜于无的，可他越是打量，越止不住想象。尤其是白宫殿外面的那些日本黑松，总在夜里如灯塔般注视着他。他坐在窗前写作时，远远望见的也是这些松树，但那时的它们终究与此刻眼前所见是如此不同。

他在细瞧这些松树的时候，才了解到主人家的精细。黑松上盖着雪，树影投在雪地上，一丝丝，一扇扇，一幢幢，如同量体裁衣的民国贵公子，浑身上下都着了蓝色的塔夫绸，脖领上还围着一圈银狐貂袄。再近一点，李白就走到花园里去了。他靠近黑松，将这"贵公子"身上的白芽端详得清清楚楚。也是这若隐若现的细小白芽，让黑松黑得没那么不近人情。在一排"贵公子"的指引下，整个花园更是令李白赞叹不已。他边走边赞赏着，无论是绣球花散发的甘甜味道，蜡菊的幽香，还是淡金色"吻别花"

摄人心魄的清香，这些花都被修剪得适度合理。他想起什么人跟他提过一句——单单是日本黑松这一科，舒宅附近就有十余种，产地各异，类别不同。最便宜的一棵也要由专机从大阪运来，造价40万元人民币。

黑松最适合雪季。这一点，李白在环绕整个舒宅的时候已经深有体会。他在白色宫殿的背后，山阴的那一面，也发现了一些堂皇高贵的黎巴嫩雪松，以及一些他分辨不出种类的灌木。雪融化的地方，露出结实的湿润的黑红色土壤。排水声汩汩作响，好像正把什么隐秘的故事输送到山下。水声渐弱的地方是山腰的位置，到那里已经见不到黎巴嫩雪松了，取而代之的是高瘦精干的加拿大冷杉。李白忽然萌生了一个点子，他要偷一棵日本黑松，把它挪到自己家。如果房高装不下，他就把房子锯成两半，总之，他势必要将"贵公子"端端正正地搁到自己的小别墅里。不用理会方佳佳的反对，因为无论他做何决定，方佳佳都会反对的。他这么思忖了一会儿，兴高采烈，颇有派头地想着。直到他身后有一个女声，绒毛般轻柔地潜入树影，静静遮住了蓝色的月光。

那女人说："这树不好伺候，它的日语名字是クロマ

ッ，更专业的人管它叫'白芽松'。所以你看，它的冬芽是银白色的。没办法，幼苗太难成活，我们就从关西空运了这些已经长成的黑松，如果按人的年纪来推算，它们顶多十多岁。"

那声音慢慢把李白的心提了起来，让他的心悬置在无边的夜空之中。一墙之隔的宴会厅里，大提琴手已经悄悄拿起他的硬弓。李白转过头。他没看到许梦娜，他发誓，他看到的是亿万个星星凝合成的一尊佛像。那"佛像"说着好听的普通话，混杂着低沉深邃的北调和绵柔蚀骨的南腔，好听到令人顿觉寒冷赤裸，让李白变成了一块被人剥了皮的红鲜鲜的生肉。

许梦娜几乎没怎么变，一头黑发，神情肃静。她穿了一身深灰色的斜纹软呢套装，肩上披了一件银灰色的粗花呢拼羊毛的格纹斗篷。她站着时，双手插在口袋里，身子微微向前倾。在李白以为她要继续说点儿什么的时候她又慢慢地往后倾，始终，她与他保持着客气的距离。但这样的矜持拘谨反而更得人心。李白不想接着她的话继续谈论黑松，可他总要跟她说点儿什么吧。说什么好呢？他总不能讲他是如何穿透这斜纹呢套装，想象她冰棒式的骨骼与冰肌做的皮肤吧。

许梦娜的表情依旧是不乐不淫，棕黑色的大眼睛静静望向男人的背后。李白想过不下100次这场景，但他从来没有扮演过"男人"的位置。在他的梦里，许梦娜身边的"男人"都很模糊，好像"他"的模糊和"她"的清楚是此消彼长的关系。他不愿自己真与许梦娜发生什么故事，仿佛他对她的爱有一个预设，需要他在潜意识里率先把自己剔除。

许梦娜始终引导着李白说话，好像他们就应该按她开出的条件说话似的。接踵而至的其他宾客想要插到他们的谈话中，却怎么也插不进来。他们的对话漫长而严肃，所有人都以为这对话已进行了不知道多少个星期。他们谈了许梦娜在台湾的生活，谈了可爱的中学语文老师和他最推崇的纳博科夫小说《微暗之火》中的假性注释，谈了北京冬季干燥的天气和永远堵车的环线，还谈了他们手上拿着的好喝的香槟酒。他们并没有谈什么有趣的东西，双方说的都只是些无多大意义的东西。后来他们逐渐加进一些私人感情方面的内容，但并不是说话投机带来的，而是谈话时那种极端严肃的态度引导着产生的。许梦娜问李白：

"你结婚了吗？"李白按住了裤兜里的戒指，他今晚见到许梦娜那一刻就把它紧急塞进裤兜里。李白盯着许梦娜右手食指上至少15克拉的钻戒，也在问，"那你呢？"

迟到的大亨跟跟跄跄地进了屋。舒家门外已经没有多余的人可以打扰到他们了。只剩他俩时，他们相视一笑，索性直接跳过这个话题，转而严肃地聊了一会儿李白的新小说。许梦娜表示，她非常乐意做这本书的第一个读者。如果李白需要，她还愿意为他写序。她的这句话大概是李白这辈子听过的最好的鼓励，他甚至以为这是上天的恩赐。他因此一口气干掉了一整杯香槟，在他又想要一杯的时候，他们身边的香槟区已经没有一滴酒了。他们暂停了严肃的对话，为了酒不得不走进宴会厅，但李白的心却止不住庆幸，他觉得这番对话消除了他们十年未见的隔阂和束缚，这甚至比他十年前跟她统共说过的话还要多。

语言需要在一定的空间内伸展，反之，伸展开的空间本身也构成了语言。他们一起走进舒宅，"走"这个动作就构成了他们的对话。李白本能地看了一眼许梦娜，他以为他们最好挽着手，但许梦娜没有回看。她明明知道他在看他，却依旧很笃定地行走。除了走路，没有多余的动作。

他为了更自在地看她，刻意晚她一步走。

他们漫步走过白色的大厅，大厅里连接着许多个大厅，全都是白色的大理石。在这里，白色和白色之间也有诸多讲究。从"雪绒白"到"米白"，他们先经过了迎客用的小客厅，穿过客厅中16个古罗马爱奥尼克式的巨型立柱。随后进入象牙白，一个圆形的钟乳石构造的音乐厅。音乐厅的中央有一个刻着楔形徽章的乳白色喷泉，喷泉边上立有一个同色系的低矮石柱，上面镌刻着创作者的姓名——"Giovanni Lorenzo Bernini，1598－1680"。就在他们行至音乐厅中央时，喷泉中飞出三位穿薄纱的少女，她们相互追逐着、牵着手翩翩起舞，轻盈的舞姿旋转着带出了巴赫的乐曲。象征"欢悦"的年轻女神调皮地绕到李白身后推了他一下，李白差点摔到喷泉池里。三个女神都笑了，推人的那个笑得最开心。

最后一个大厅是月白色的，这个厅像极了一座白色岛屿，从入口到出口隔着这座看不清距离的小岛。岛的四周环绕着水银颜色的液体，波光粼粼地映照出墙上来路不明、走向奇特的曲线。李白跟在许梦娜的身后，沿着曲线的方向走，渐渐走到墙上。李白在半空中俯瞰那座小岛，惊诧地发现那根本不是一座岛，而是一个透明的可以伸缩的房间。那房间里什么都没有，环绕着它的水银却咕咚咕咚地冒着气泡。许梦娜这时忽然拉起李白的手，她轻轻合拢的嘴唇挂着静静等待的神情，似乎还有一点儿心不在焉，她说（其实她只是在行走）："永远不要试探别人，所有不好的东西都将在试探中显形。"她讲这话（她走路）的时候，曲线骤然停止，水银不再蒸腾，就连刚刚路过的房间奏响的悠扬的古典音乐也失落了。所有的一切，宇宙共存的万物，都在那一刻臣服于她。李白自然也甘愿服从。他们不紧不慢地走着，再没什么需要格外强调。这时墙上的曲线飞速地集合，经过扭曲和重组，最后形成了一扇看上去非常重的木门。李白刚想去推，那扇门竟从里往外拉开。一路上遮住他内心的谜团如夜雪终将结束般缓缓地退散，他再也无须试探，彩虹般绚烂的"众神"悉数出现在他面前。他们走了进去，黑人侍者为许梦娜脱下她的外套，白人侍者为李白送上一杯馥郁芬芳的香槟。许梦娜向李白微笑，"众神"们即刻向李白迎来。

李白既兴奋又害怕，他在陷入某种语言的旋涡之前，腾出一秒，他用这一秒看了眼天花板。墙面上的曲线如盘

踞在洞穴中的蛇一样眨着眼看他。李白眼瞅着白色的天
花板的四边正在伸缩，脚下的空间正在变化。墙体纵横交
错，天花板的枝形吊灯在拉扯之中化成了金水，宴会厅正
被重构着，模仿着全世界最富有之地的景观。他身边的陌
生女士惊叹着宴会厅陡然变成了棕榈滩，白色的幕布支起
了她的家乡，她能从空间伸展的方式（在蓝宝石般的沃斯
湖和巨大条状的绿宝石般的大西洋之间伸展）做出笃定的
判断，是棕榈滩没错。奇怪的是，她的嘴并没有动，但李
白确切地听到了她的声音，她的赞叹从未停止过，什么
"景色旖旎""雍容华贵"全都用上。

　　直到那空间变成另一个地方，一处建在山海之间的亚
维农色房子，远处的几个人止不住捂嘴惊叹，她才逐渐平
静下来，接过侍者递上的香槟。这女士握着酒杯的右手食
指与无名指上戴着两颗红宝石戒指，她交叉了一下双手，
看了一眼远处的那几个法国人，她听见他们的内心在呼喊
"Beaulieu-sur-Mer"（法国阿尔卑斯省的度假胜地），她嘴
角快速上扬，轻蔑地一笑，她是打心眼儿里看不上那些少
见多怪的法国皇室后裔。她始终相信，法国人是因为安托
内瓦特（路易十六的妻子）的审美趣味高于路易十六，才

一早处死了他们的王后。无知者的刚愎自用，总能造成无知的循环。戴红宝石的女人生于奥地利，曾在瑞士接受贵族教育，她的祖上和安托内瓦特有远亲关系。侧在这女人身旁的男人，左手小指的族徽戒指上也有这样一小颗"红色"的光。

男士之间，打招呼的时候都先望一眼对方的小指，通过戒指来区分一世与二世的身份。宴会厅里的每只大手上几乎都戴着那样一枚戒指，庄重冷静，戒指上刻着仅属于他们家族的楔形图案。宾客们非常轻声地交谈着，让人觉得谈话的双方根本不可能对彼此抱有任何功利的设想。酒是辅助的道具，聊天的内容亦不重要，他们会推介自己喜欢的画家和音乐家，谈论自己家族的暑期计划，客气地邀请对话者的一家在6月、7月前往他们在瑞典法罗岛的Summer House（避暑别墅）。他们的语气诚恳，以至于听者感到受宠若惊后绝无可能接受这个慷慨的提议。所有人就这么聊着，进行着无功利性的对谈。

窗外松树上一团雪"唰"的一声跌到地上，那声音脆响，可宾客中竟无一人扭脸去看，好像这雪完全不存在似的。又或者，那团雪早已跌落在地上。李白没有戒指，这让他感到自己是独自走入这座伟岸的建筑的。他在想，也许，空间只与感知有关。这与他孑然走入烟幕中差不多，前后无人相伴，那么他很快就会迷失方向。因为步伐并不能帮助他辨识前路，退路亦不能。李白站在这些他完全分辨不出来头的有钱人中间，像是站在荒无人烟的沙漠中。黄沙四起，像雪，又像一只巨大的眼睛频频对他眨眼。他试图靠英语口音来判断在场的来宾究竟来自瑞典王室还是摩纳哥王室，但他失败了，他听不见他们的声音。所有人都不主动说话，他们的脸上挂着同样的微笑。他们已经接受了李白的出身，不约而同地认同他是一个中国作家，许诺他可以不讲英文。他们甚至不需要李白开口，就洞察了李白只会讲二十多个英文单词的事实。可就是这样的善意也来自许梦娜的陪同。

正因同行人是许梦娜，他的存在才得到了赞赏。就连交响乐团里的公子哥，他们托着琴、拉着弦、吹着号看着这个中国人，也都笑语盈盈。偶尔有人与李白握手，眼看着就要告诉李白，哪一个小提琴手是他的儿子，他的儿子又是如何考入伊顿公学并以优异的成绩取得了象征杰出学生的银色大衣纽扣，"快看那纽扣，你再也找不到比这漂亮的东西了，对吗？我亲爱的朋友。"不过，这是李白建构的故事，他的读心术。始终没有人真正走过来跟他开口说出这些话。就连宴会上仅有的几个亚洲人也没有打过李白的主意。他们专注地讨论波士顿美术馆的张大千作品，还谈到了范宽和李成，但真正撩起他们兴致却是中国立轴山水画的威妥玛式拼音——"Chi'Shan"，他们咬文嚼字、细细品味着说，"溪山"。

李白慢慢意识到，人在空间中从不是以人的具体形式存在。每个个体似乎都在作恶，将自己受到的来自空间的压力转嫁到他人身上，由此，弱小的人、出身差的人就活该"被作恶"。而那些所谓无功利的谈话也不过是打着幌子的商务对接。类似这种排场的聚会，无论是在拉斯维加斯还是迪拜，每一单成交的生意都不在8位数之下。他立耳去听，怎么也听不见期货、股票、证券、对赌、洗钱之类的字眼。李白无法想象，没有钱味儿的交谈怎样谈的都是钱？

尽管刚进门的许多瞬间还是很美妙的，可糟糕的时候更多。他的耐心随着晕厥的症状，折磨着他脆弱的身心，天花板扭转得不成样子，他觉得自己肛门内收，紧接着就要大小便失禁了。在他觉得自己再不离开就会死的时候，他跟许梦娜说他要出门透口气。说这话的时候他浑身颤抖、心头一揪，好像这是他最不愿跟女神讲的话。可能他命中注定要当个不成功的中产，写不出故事的作家，而作家自怨自艾、悲天悯人、同情弱者的天性又阻碍了他阶级爬升的渠道。他每写一个排比句，都不由自主地厌恶这种工整的格式。这该死的建制结果，正如建制而来的原生家庭。上层社会的结构里没有作家。老派贵族讨厌任何进入他们圈子的新东西，接受不了任何模糊不清的东西，诸如理想主义与梦想。被排除在文明世界之外的新事物，就是蛮夷的异物，诸如李白。

"我可能是一个黑体大写的斜体字。"李白这样想。

李白开始责怪这些人，开始厌恶他们大丹犬一样的光亮毛发和冰凉湿润的鼻头，尽管他一开始曾经对他们的样貌大加赞许。这时，李白忽然想起了方佳佳的好处——鞋子、包包、礼服、香水，各种限量款买个不停。他需要方佳佳，只有老婆对他无间断地批评才能让他感觉自己的存在具有意义。他多么希望自己可以一鼓作气写出一部极端孤独且全力以赴的作品，可他却总被别人眼中的自己给耽误。他顺便想起了方佳佳的象征物，媚俗的粉红色。多么可爱的颜色！粉色比黑色好得多，轻松愉快，黑松最好全改成粉松。通过水稻杂交技术，粉松的实现不是不可能。他想逃，在这儿再多待一秒钟，他就要发疯。就在他出门透气的工夫，李白错过了贵宾们不敢跟他聊天的真实原因——这些人害怕他身旁的许梦娜，因为她是舒适的太太，这就好比他们害怕乐队首席位置上那个穿亮片露背短裙的年轻女孩——所有人都清楚她的衣着有悖她的身份，却还要争抢着表露出无与伦比的艳羡，因为她是舒适的女儿。

　　李白用头撞着大门外的黑松，树干晃啊晃，树枝也跟着晃。雪一茬茬地落下来，落到李白的肩膀上，像是白色的大手抚摸着他的身体。"傻逼，傻逼"，这话说出口后，他就紧咬着自己的嘴唇，他不知道说给谁听，但是此刻至少可以大声说话了。

第十一章　透明小屋

如果王寅晚五分钟进门，如果他从正门进去，他必定会撞见李白是如何变成"巧克力雪冰"的。伴着雪，他撞着树的脑袋像一个刨冰机。

可遗憾的是，他在长脸的指引下走了侧门，那是保安和后厨才能通行的小门，入口开在山腰处，藏在一个被锯到半截的冷杉脚下。王寅是踏着滑塌塌灰黑的冰渣子进去那个隧道的。早上的雪结了冰，他急急地走着，不得不脱了鞋打赤脚。他本不用这么急着去找李白，可李白下午的一条微信，令他的心七上八下不是个滋味。李白发信息说："上次婚宴你怎么吃到一半就走了？晚上我去舒适家做客，你也来吧。"王寅在隧道中，又看了一遍这条信息，他接上了之前发生的许多事情。

小时候的事儿，他非常明确地知道自己是作为李白的陪衬而过了这二十多年，从李白用尿滋他的时候他就知道，李白这小子从不是为了救人。李白是站在一个神的位置上对他施予恩惠。王寅太傻了，他在进入隧道之前都不曾真心妒忌过李白的生活，他那么理解李白的特立独行，还跟所有人解释说，这是文人独有的气质，跟以自我为中心的普通人有着天壤之别。如今李白又要拿金钱、地位、权威来跟他炫耀，真的是比蚂蟥还过分。他要是早知道李白会变成这样，他根本不会给他众星捧月的错觉。而且李白还有话瞒着他，只跟长脸说，不告诉他。长脸莫名其妙地充当了李老爹的角色，这根本就是为了李白的面子。李白做梦都想有个说北京话的爹，好像这人是从儿化音里长出来的，而不是受精卵里。至于他马上要见到的这个"李白"，已经跟机场卖的名人自传没什么区别，李白把自己活成了一本虚构的自传，再傻的读者也能读出其中的谎言。富人的那种文艺腔调，天花乱坠，大为失真，却还觍着脸标榜自己普通、诚实、心胸坦荡。他们进行自我催眠，在他们自己编造的种种谎言里流连忘返。王寅激愤难当，他从没有这么强烈地意识到自己是谁。他虽然心里对自己说，见了李白的面一定要啐他一脸，但他还是要先找到洞口和出口。

他光脚在黯然无光的隧道里滑动，好像在跳着某种古典的舞步，他用左脚跟踮着右脚尖，接着又用右脚跟触碰左脚尖，以此循环，他不由自主地加上双手，右手搭在左手上，左手再搭到右肩膀上，再循环。多么荒谬的舞蹈！可他乐在其中，他在李白眼里不就是这样一个只做傻事的人吗？就连他大学时洗完头压不下去的那些头发，也就三四根，都被李白嘲笑成一副天生的滑稽模样。王寅一步步踏在光的鼓点上，向通往未来的地方走去。这种幽暗的隧道不总是连着古堡的地窖，他欢快地攀上十几节台阶，预计自己可能会与藏在西莱堡夏特莱侯爵夫人家的伏尔泰相遇。他用一种神圣的声调从容地说道："他长着比夜更深色的脸庞。"没有人知道这个"他"说的是谁。接着，他看到两个黑人侍者守在门口，其中一个为他递上一杯龙舌兰颜色的酒，他一饮而尽。噢，他走进光中！他的手上马上被放上了一个装着冷餐食物的亮晶晶的银制托盘，煎炸到焦黄的西班牙小鱿鱼、裹着松露碎的夏多布里昂牛排、苹果色的意大利鹅肝、伊比利亚火腿配番茄法棒、涂着厚厚杏仁酱的烤羊架……他挺直了腰杆，仿佛他生来就是富人，跟在场的这些人没什么两样。随后，他笔挺地走进大厅。

涂过口红的双唇在水晶吊灯的映照下发出银铃般好听的声音，千亿身家和百亿身价的上等人把目光都投放在这个十五六岁小姑娘的双手上。她握弓的手臂如月牙般弯着，拉出的每一个音符都引领着"众神"在月光下荡漾。顺着她的手，"众神"的目光在她的全身打转，他们盯着她长着金色汗毛的纤细的胳膊和腿，还有那狡黠的颧骨以及太过明亮的棕色眼睛。等她拉完一首曲子——马勒的某篇乐章，配合着浩浩荡荡的乐队，她站了起来，鞠躬致谢。她走向白色大理石做成的台阶，屁股在包臀短裙里扭动着，两条腿夹得很紧。她径直走向了餐吧，走到了王寅面前。

王寅还来不及抬眼镜，他迫切地要抬一下，虽然紧张，但也要将她看清楚。但他没想到的是，女孩对着他笑，露出一种前所未见的娇憨表情。她开门见山地问："你是不是不记得我了？"王寅惶恐万分，他怎么可能认得她，她在说什么啊！可当她俯下身来，靠他更近的时候，他分明闻到了熟悉的气味，他的手在掌心旋动，他要把她含羞草一样甘甜的脸庞画下来！很快，他的感官就被她的气味注满，驱动着他在众目睽睽之下张开了嘴。他吻了她。这一刻，身体的反应告诉他，这女孩就是那晚与他纵情恣意的"Bling-Bling"女孩。他记起了她的妩媚、她的癫狂和她的想象力。他还在舔着她的嘴，透明的红色唇彩慢慢地谢了下来，就像她那晚为他破处，留下了什么不为人知的秘密。他懊恼自己太激动了，在这相当笨拙的漫长接吻中，他俩都差点失去平衡摔倒在地。

看客们变得嘈杂起来，所有人都在对着这对"小情侣"咝咝嘀咕。要知道，上流社会没有爱情，更遑论令人意乱情迷、摄魂夺魄的自由恋爱。他们无法相信自己人到中年竟要遭此"劫难"。舒适的女儿竟然跟一个侍者接吻，吻就吻吧，还是舌头乱窜的French Kiss（法式湿吻）！他们沉着脸将王寅和舒家女儿团团围住，以此来表示愤怒。他们亟须舒家人给出一个交代。带着红宝石戒指的女人吓得躲到了她丈夫的身后，而她的丈夫已经在给自家的司机打电话了。宾客们要走，他们已经开始陆续离场。如果不是许梦娜过来拉走小女孩，王寅可能会亲上一辈子，至少他自己是这么期望的。

"怎么是你？你是谁？我真傻，我怎么没能像你一样，第一时间认出来……"他的喜欢揉进了感动和重逢的喜悦，倏然升华成了爱。可这一切，美好的梦境般缥缈的情愫，很快被许梦娜沙哑的嗓音打断，他听到她引导众人举杯，她没有致歉，只是频频点头，向包围着舒小姐的每一位来宾敬酒。

骚动平息之后，疑似马勒的音乐继续响起，舒家女儿回到了乐团首席的位置上。而王寅，他早在许梦娜举杯的瞬间，就被六个保安连拉带拽地抬了起来。他还没来得及和许梦娜说上话。抬走他的六个人中就包括他的朋友长脸，长脸被召唤过来的时候愣住了。

"如果人这一生没有试过被好朋友背叛，那他算是白来世上走这一遭。"王寅垂下的手刚好搭在长脸的手腕上，他重复说着这句话。

长脸的头发剪短了，身板挺直地跟着其他五个保安的节奏走。这趟行程本来是短短的，但在出门时遇到了正从喷水池走过来的李白。隔着碧绿晶莹的池水，李白和王寅两拨人正好走成了一个太极的形状。谁都没有停下。王寅一直远远地凝视着李白，受重力作用的泉水时而在跌落飞溅时挡住他的视线，可他还目不转睛地拼命斜睨李白。他的瞳仁宛如两颗黑珍珠"砰"的一声被砸碎了，墨水滴进了清水染缸。他眼前是绝对的黑，随后他闭上了眼睛。李白趁着喷泉升起的时候加快了脚步，故意不再看王寅，他皱着眉，两鬓的青筋暴起。

等他走进有玻璃房的那个客厅时，他看到透明的玻璃房向他排山倒海地袭来，似乎每一块玻璃后面都藏着客人，奉命屏息不动地等待着一个突袭他的机会。他莫名奇妙地被卷入那个房子中。更准确一点说，他是被那个房间截获了。他不能再借口说为了书写人生的细枝末节而拒绝进入这世界。他没有选择，他觉得这房间里的一切都盯着他，虽然这里空无一物。等他想靠哈气来擦擦眼镜时，王寅出现在他的面前，这家伙跟他做着一模一样的动作，眯缝起来的眼睛正专注地盯着眼镜片。他们俩戴的是同一款眼镜，金边，眼镜腿上裹了一圈玳瑁。王寅的眼镜腿啥也没有，这是因为前不久他在二环路上出车祸时刮到了眼镜腿。

　　王寅说："我终归不适合戴这副眼镜，太金贵了。人怎么可能消费得起他需要用命去保护的东西呢？"

　　"你戴就是了，坏了我让你嫂子去给你补。"李白说。

　　"现在已经坏了啊，或者不如咱们再说明白一点儿，这副眼镜从来就没好过。"王寅说。

　　"这是什么意思？你觉得我故意给你一副坏的，自己留一副好的？"李白说，"我对你什么样，这么些年，你心里没个数吗？"

　　"什么怎么样？"

　　"王寅，你以前从不这么跟我说话的……我当你是兄弟，我对你比对我爹还好，说起来，如果没有我爹和我，你都活不到现在。可你最近变得很怪，让我不敢跟你相处。至少我觉得别扭，包括你一声不吭就直接从婚宴上离席……你是不是有什么事儿瞒着我？"

　　突然间，王寅的脸抽动起来："这是觉得我耽误您了吧！你想去找CoCo Xu，想实现二次阶级飞跃。你已经成功通过方佳佳飞跃了一次，有了经验，就不怕'梅开二度'。"

　　"胡说什么！你认识我得有二十年了，我是这种人吗？"李白用一只紧紧握住的拳头堵着嘴，说，"没想到你会这么看我。"

"不然你为什么要改名？'李丰收'怎么得罪你了？"

"我说了不要提改名这个事！"李白猛地一惊，心怦怦跳，他冲到王寅面前，想恫吓一下对方，或是捂住对方的嘴。

"不就是觉得'丰收'这个名字配不上您半仙儿的身份吗？我知道，哈哈哈哈！"

李白的心从未如此猛烈地跳，王寅的笑声越来越大，整个空间，那些奇形怪状的曲线也都追着他的笑声在跑在跳。他恨透了王寅，这个挨千刀的养不熟的龟儿子，他更恨自己找不到一个能够准确表达自己心情的词语。他只能说，就像他惯常与王寅交谈的语气一样说："你认为自己没有做错事情，我就不责备你。文学不过是垃圾，这点我一早就明白了。"

四壁的螺旋状花纹，曲线，透过玻璃屋的边边角角，横切之后又竖切进屋里，伴着光。

"你还有什么放不下？你即将出版的小说？"王寅找了个角落坐下，他的语气得意扬扬。说这话时，他的脸被半明半暗的光切出一个锋利的对角线。

"你认识邓编辑?除了他没人知道我出书的事。"李白思考了一下,他想起风声的走漏可能源于别处,又说,"不然就是方佳佳告诉你的?告诉我,你是怎么知道我要出书的。"

"邓什么?哼,怎么可能是你老婆告诉我的,她最瞧不上我了。你婚礼的邀请函都忘了给我寄,我知道,她是故意把我落下。"

"我不是亲自给你拿了一张,补上了嘛!我们之间,用得着这么计较吗?"

"我还没长脸重要?"

"他……那是合作关系,你知道,都是暂时的。"

"他比你有才华。你的书不用看,我都知道写成啥样。"

"王寅,你这么说是不是过分了?他一个小保安,字儿都不识几个,国门都没走出去过,唯一的工作就是伺候业主,你凭什么说他写得比我好?"

"他是天生的诗人,"王寅说,"你曾经有过一丁点才气,可那不是才华。"

"我老婆都不敢这么说我。你现在倒和她站在一条战线上了，你不是最讨厌她吗？"

"她挺可怜的，遇上你这么个'凤凰男'。"

"我是'凤凰男'，那你又是啥？我俩可是一个地方出来的。"

"'凤凰男'都喜欢跟'穷屌丝'做朋友。"

"你知道'凤凰男'这个词语的出处吗？"

"我不需要知道。"

"不知道什么意思，你就乱用？"

"我就是以你为标准，区分哪些是'凤凰男'，哪些不是。"

"'凤凰男'有什么错，总比刚才宴会厅里那些道貌岸然的老家伙们强吧。你全心全意为他们，可他们根本不可能真心接纳你。不然你为什么会被人给扔出来？"

"是抬出来，不是扔。"

"还不够丢人吗？"李白把一只手按在下嘴唇上，压低声音说。

"他们没有错，人最后都会选择跟自己一类的人相处。只有跟自己那类人在一起，才最舒服。"王寅靠在墙角，他用手心抵住墙边，慵懒地向后靠着。

"邓楼村就错喽？生在哪儿，我们自己能选吗？"

"但你可以选择在沛县待着，或者跟我一样，做个快乐的'穷屌丝'。当然，我也不怎么快乐。不过，你早就不在乎我是不是快乐了。快乐，对你来说太抽象了。你现在活得非常实际。"

"照你的意思，'凤凰男'和'穷屌丝'在实际操作上是一样的，没差别对吧？"

"你看起来比我强一点，因为你飞上枝头变'凤凰'了嘛。"

"说到底，你还是不喜欢红城山庄。"

"不，你完全没懂我的意思。不然这样吧，我给你读首诗。"王寅从袖口里抖搂出来一本手指长度的小册子，又轻又薄的一本小书。

"我不听！"李白说这话时，大步在房中走了几个来回，他极力遏制住自己的情绪，可仍然无济于事。他猛地拉开透明房子的门，要走，但又猛地折了回来，跑到王寅面前，大声吼道："就算我是'凤凰男'，你倒是说说我今天为什么还进这个门，我直接'生扑'许梦娜岂不更好？

最好的结果是人财两全，就算不走运被狗仔拍到，我也能上上八卦头条，不比写书有用？出名更快？"

"不，你要的不是这些，至少不止这些。你今天来的目标是舒适，你要见大头目，你只对场子里对你最有用的人感兴趣。"

"那我见到了吗？"

"你不可能见得到。"

"我怎么就不配见舒适了？"

"因为你是李丰收，许梦娜不会想跟李丰收睡觉。"

"她今天见到我，完全没提我改名的事儿……这说明什么？说明她根本不介意。再说了，她自己也改名了，我还没问她CoCo Xu是怎么一回事。"

"废话，她为啥要介意你一个农民改名字的事啊。我们穷人，缺的是钱；他们有钱人，缺的是时间。"王寅说完马上改口道，"错了，是'我'这种穷人。您不穷。"

"你这个龟孙一定疯了，你听听你自己在说啥，全是胡话！"

"你一定以为我是气你刚刚不救我吧。不是，我不会为这生气。"

"那你为什么这么跟我说话？啊！"李白嚷完这一句，发觉自己几乎耗尽全身力气。

房子里分明是亮堂堂的，却弥漫着黑沉沉的死一般的气氛。王寅若无其事地坐在原地，此刻，他的脸完全被影子遮住了。

"谁的诗？"李白悲伤地闭上双眼，他从没试过跟一个人讲话讲得这般无奈。

"长脸的。"黑暗中传来王寅的回答。

"妈的，我不听！"

李白骂完这句，王寅就消失了。

透明的小屋在一阵急速萎缩之后，蒸腾为水蒸气，消失不见。那蒸汽落入环湖的水银之中，激起黑黝黝的一阵迷雾。一种奇异的寂静瞬间降临，伴着迷雾笼罩住李白，他感到前所未有的纯粹，仿佛进入了一种提萃的时间，不掺入任何的人、声音或话语。接着，他麻痹了，感受不到空间，因为空间正缓缓穿过他的身体。

他特别想看一眼长脸的文章，诗或散文，一个句子，哪怕是一个逗号也行。这种念头被抽出来，拉长了，在他的七经八络中极速流淌着，最后又颤抖着放回他的颅脑。

他咯咯直乐，刚刚因愤怒而肿胀的双唇呈一字型咧着，令他发笑的原因只有一个——"王寅这小子，他最了解我"。王寅说得对，李白确实不够有才华。可现今的世道不是给有才华的人准备的。达尔文主义者在2020年披上了素食主义者的外衣，如今推崇的还是弱肉强食。你不吃动物，恰恰是因为你站在一个人类中心主义的至高位置蔑视动物，你同情它们，像你在一切咎由自取的凡尘琐事中同情自己那样。对自己厌烦，对爱人漠然，然后对没有这种厌烦与那种漠然的家伙置之不理。小动物才不需要你的可怜呢，动物界也有诺贝尔文学奖，专门颁给人类。

第十二章　一首关于反光的诗

大地的反光：金色的

松树的反光：黑色的

青豆的反光：麦绿色的

黑曜石的反光：银色的

昆虫触角的反光：赭石色的

鸢尾花的反光：青黛色的

赫拉克勒斯的反光：硫黄色的

月亮标本的反光：奶白色的

老农和镰刀的反光：夹竹桃色的

上帝的孩子亲吻魔鬼时的反光：蓝色的

三流作家写言情小说时的反光：猩红色的

存在主义者谈论孤独时的反光：苔藓色的

火焰中卐字的反光：情色的

爱情的反光：透明的

第十三章　后感觉派

"后感觉派何时失去了感觉？"一个男人问。

"你这么说，好像后感觉派曾经有过感觉一样。"一个女人答。

"你一定没读过这个流派的代表作，李白的《禅学随笔》，我敢打赌你没有。"男人说。

"我不需要看一个不爱我的人推荐给我的书。"女人说。

"你怎么知道我不爱你？"男人问。

"看这种书的人不可能爱我。"女人答。

"那你倒是说说我应该看什么书？"男人还在问。

"你应该放下书，看我。"她说完，坐到了他身边。两个人挤在一张公园常见的木质长椅上，脚下踩着一些塑料做的树叶。他们的背后，泡沫板上潦草地涂着一些高楼大厦，让人一看就知道是假的。

"停！"台下一个拿着剧本的中年男人冲着他们喊。这个男人脸上挂着一对重重的眼袋，好像下一秒就会拽着他的脑袋跌倒在剧场地板似的。他们都叫他"导演"，连坐在他旁边的李白都这么称呼他。

李白不想向任何人解释他的《禅学随笔》怎么就变成这样了，他信誓旦旦要出版的小说呢？他不想提，跟这个导演当然也不能提，他的说辞跟以往那些落魄潦倒的先锋戏剧作家一样，"我的作品，不能给主流商业去做，不然就毁了"。可以说，李白突如其来的戏剧计划是在他明白了自己被邓小邓骗了之后才涌现的。经过一周气急攻心的卧床不起后，他再次陷入长时间的沉默。就在他受到舒适寄来的邀请函前，他已经辗转跑了京津冀的五个城市，从一个城市跑到另一个城市，但他依然保持沉默。

直到这个不知道什么名堂的大眼袋导演跟他坐在同一节高铁车厢，他不巧将装满热水的泡面洒到李白衣服上，李白才意外结识了他。这位导演因为长时间熬夜，刚过30岁看上去却像50岁的人。他形影不离地带着保温杯，杯中泡着枸杞茶，却依旧给人一种随时会晕倒、终将为艺术献身的感觉。他们在高铁上讨论了一下李白写的东西，初步达成了共识——他们要把《禅学随笔》搬上小剧场。

李白不再执着什么，他甚至对任何讨论都失去了兴趣。回到家后，他花了不到一个下午把20万字的小说改成了3万字的断简残篇——一些能供剧场排练使用的短小、精悍的文本——从几行字到一页纸，有的甚至不到一页——围绕他所讲的故事，再简单不过，就是一个"凤凰男"如何在北京生活的故事。到了真正排练的那一天，他看了一场男女主角的对手戏，提出了唯一一个要求——把"北京"删了，倒不是怕糟蹋了"北京"，他只是恍然明白了一个道理：北京，无论是在他的梦里梦外都永远难以竣工，与其搁置着搞成"烂尾楼"，不如趁早彻底放弃。

他不会知道，由他那3万字改编成的剧本后来被一家爱丁堡的戏剧公司相中。老外对李白这狂人一般的只言片语、那些文本元素密集的片段式写作太痴迷了，有的时候男女两个人就像在哭泣在感叹，拥有一种精确的体现某个意象的力量。这几个老外头一回来北京，谁承想竟有如此收获，适才见了大眼袋导演一次，就怀着"捡漏"的心急忙买下李白的剧本。他们付钱给导演时，特别声明这是垄断性质的一次性购买。原因粗暴简单，即他们认为这个剧精彩的同时也异常危险，比如，这种极尽压缩的、爆炸性的表述方式很有可能被冗杂的内容干扰。他们一看导演听不懂，就换了一个说法，他们说："如果没有经历失意、绝望和孤注一掷，是写不出这个剧的，这真的是你写的？"大眼袋听不懂英文，先摇摇头，再点点头。两个外国人中的一个说："我理解，你们中国人活得太忙太开心，这个剧，只有我们英国人才能演。"这句话，大眼袋大概听明白了，但他不明白"忙"与"开心"之间有什么必然联系。他们走后，大眼袋立即开心地数起钱来。待他把钱存起来之后，他升级了自己泡茶的品种，周一、周三、周五、周日喝铁皮枫斗，周二、周四、周六喝天山雪菊。

这两个英国人大概是迄今为止最懂李白的人了。他们隐隐约约看出，写剧本的人曾经毁掉了所有的故事情节。一部分逃过劫难的文本，最后形成了片段。一些被分开的内容，像是李白描写李二伯如何上访的，或是他写李家婚宴的那些部分，侥幸逃过了大规模的"清洗"。当李白平静下来之后，他发现或者又恢复了它们，然而这些片段的出现的的确确证明着被毁作品的残片。英国人奇怪地对这些残片着迷，考古学家一样不远千里地把它们带回去。残片来自每个人身上的伤口，这些成就了美，再没有其他途径。他们的伤口藏得很深，偶尔闪现，但终归无常。李白在发现这些人的时候，顺便也为自己沉浸在落魄中找到了一个合适的理由。他的落魄跟住在多大多小的房子里无关。他逐渐开始与优雅的东西绝缘。他收起了自己早几年穿过的那些昂贵、扎眼的定制西装。每天如修禅一般写着没有用的东西（部分收入了《禅学随笔》的剧本），他悟出了一件事儿——如果他笔下的东西足够强大，它会自己现身，即使他把它们藏起来。

李白真正感受到无助的一点，基于这种写作本身的先锋性是处在中国兴起的资产阶级精英群的对立面，而这却是他通向上流社会的途径。他不能预设自己站在他所反对的立场，去反对他即将要做的事情。英国人觉得他的风格是"现实主义"，这太可笑了，因为"现实主义"明明是"后感觉派"的敌人。两个不同的流派所代表的迥异时空，如何能擦出火星子？与其说自己是一个"后感觉派"作家，李白倒不如承认他是个现实主义者。不过，那两个英国人不是为了风格派别喜欢上李白的作品的。不过，李白也不必知道世上还有人在关注他的作品。他以为，"后感觉派"这个词在他和邓小邓之间沉没了。他打过几次电话找小邓，去过一次小邓所在的出版社，都是"查无此人"。他并不生气，只是有种幡然醒悟之感——自己写作这么久，原来都是坐在一张非常不舒服的椅子上，他后背挺直，不能动弹，浑身僵硬，他好像正在被"生活"塑像，稍微一动，又立马会被勒令回归原样，回归沉默的秩序。他想起了他上一次见王寅的时候，在婚宴上，王寅让他和方佳佳站着别动，保持五分钟。他真的照做，王寅拿起纸笔画了起来，接着王寅看着李白说："你今天很不一样。"然后，他又补充了一句，让方佳佳感觉莫名其妙，他说："就像其他人一样，对吗？一点都不多，一点也不少。"

　　某些时刻，李白周遭的这些朋友，真的就像邓小邓提过的"无位真人"，他们带着诅咒一样说着巧妙的贬损之语。"这是夸我。"李白这么想。那张画有些失真，并非出于王寅生涩的"马蒂斯笔触"（虽然他模仿的是他最喜欢的莫迪利亚尼），而是他们那一天都没有留意到方佳佳微微隆起的小腹，他们开心地忙碌，忽略了她，可她自己也不愿说，她怀孕了。

"死于分娩的女人最终会知道，声息都将是岩石，痕迹都将是跳动。"李白在读一个西班牙诗人的诗，名叫《纽约盲目的全景》。他联想到长脸，他觉得他的诗充其量也就这个水平。每个诗人，他们真正的痛苦都在别人的广场。然而，当得知妻子怀孕三个月的消息时，李白的痛苦瞬间转移了回来。他觉得他又无可避免地要入世，要成为一个俗人，而且还是一个俗爸爸。方佳佳不惊不喜地跟他说，孕期这些那些不能吃、这些那些不能做，她在他耳边嗡嗡道来的一切都是她平日里也不会去做的。她也告诉李白，小说就不要写了，不必在一棵树上吊死。李白觉得感动，他说他是不准备再写了。为了孩子，他愿意放弃一些早该放弃的东西。可这孩子依旧是他寻而未见的危机，将要拆穿他天生就是"家庭主夫"而非作家的本质。讽刺的是，他才刚刚憧憬一个去表面化的自由写作。快乐怎么如此稍纵即逝，一诞生就要逼着他去跟自己的骨血肉搏决战。

　　在山顶之宴开始前，李白已经有些不大对劲儿。他夜不能寐，经常梦到白色，一声白色的吼叫使清晨战栗，然后，一个小孩拿着白色的刀把白色的清晨吃掉。他的写作因为他的不正常而进展顺利，尤其是在他穿上燕尾服后，他正襟危坐在窗前又敲了几行字，键盘发出"呛呛"的响声，他以无限缓慢的速度来表现残片。太缓慢，以至于他真的站在了山巅，在名贵的日本黑松下见到了魂牵梦萦的许梦娜，他还是感到自己的身体积满了尘土。难道要怪罪他的好奇心？他那天只做了两件错事：一、不该问许梦娜是不是嫁给了舒适；二、不该让长脸把王寅带来，他本以为他可以控制王寅和长脸。哎，如果许梦娜与他旧情复燃，他还可以捎带着控制一下许梦娜。大写的黑体的李白，早前是有这个本事的。但他那天确实不在风花雪月的情绪里，即便他想象着许梦娜的裸体，如鲶鱼一般光滑的股沟与山茶花模样的肚脐，他还是表现得不为所动。许梦娜多次想挑逗他，可他就好像一夜衰变的老人，始终缩在人群一角不出声。许梦娜介绍他给权贵认识的时候，他刚开始还知道笑笑，没过几分钟，就在他们饱含信息量的谈话中迷失了——他被打回原形，"变回一个说话结结巴巴、流着口水的瞎眼男人",李白是这么形容自己的。

如果那晚,不是王寅突然闯进来,当众强吻了舒适的千金,李白一定会守到最后。守的不是许梦娜也不是舒家给的面子,而是他好不容易取得的进入这个阶层的入场券。只要李白可以安全撑到最后,他就是他们中的一员了。等到他的女儿出生,这个小家伙就可以嫁给他们的儿子。那个拉小提琴的小伙子不错,到时候,他的父亲就能自发地与李白攀谈。这么一想,李白舒服多了,他未出世的孩子能帮他在这暗哑的世道站稳脚跟,不管丰年或歉年,让他在他们面前再不是一个瞎子。

对这个孩子,李白一心想要个女儿,说来可笑,他一得知这个消息就网购了一切他想得到的婴儿用品——软勺、奶瓶、温奶器、消毒锅、纸尿裤、浴盆,还有婴儿专用的浴液和爽身粉。下单之后,他发现漏买了一个奶瓶刷,又去跟淘宝的店家磨,求人家送他一个。他之所以这么用心,源于一个朴素的想法,"我小时候没有的东西,不能让我的孩子也没有"。因为加了一个奶瓶刷,订单发货晚了一天,不然这批东西会在方佳佳购入之前就抵达,他们也就不必为重复购买而大吵一架。

他累了一整夜回到家，发现老婆蹲在沙发上，双腿紧紧并着，那样子就像刚被什么入室盗窃的坏人侵犯了。要是搁在往常，她会靠在沙发的一头坐下，把脚舒服地跷在沙发的另一头。但她这么害怕，牵连他也害怕起来。男人最怕自己的老婆忽然变成一本自己读不懂的书，而她昨天还只是一本实用主义的菜谱。他想靠性来打消自己心中的疑惑，他把她从沙发上抱到二楼的床上，一口气。他莫名其妙地很有力气。他打开灯，动手把她的衣服脱了下来。脱她衣服的时候，他把她翻过来调过去地检查了一遍，没有异样。他脱下她的内裤，拿到灯下仔仔细细打量，也没有陌生男人的阴毛或体液。他掀起床单，抱着她赤裸的身体陷入了更大的焦虑。他的直觉告诉她，她一定是看到了门外刚刚发生的一切。该死，他们仁刚刚就在前廊，如果她坐在沙发上，有可能目睹了窗外发生的一切。

李白在邻近家门十米远的地方，被迎面浇了一桶水。他用手抹了一把脸，这水是结晶的固体还带着一点泥巴。他马上意识到，这是一桶雪。紧接着，又被浇了第二桶。他被浇得失魂落魄，抬眼去看，发现一个跟自己戴着同款眼镜的人正气喘吁吁地举着他的"武器"。

王寅一看被李白认出来了，索性就拿着桶砸李白的脑袋。直到他手中的"武器"变成两半，桶身与铁把分离，他才把这玩意儿扔到一边，自己后退了两步，助跑着向李白冲过去。他真的搞不清楚自己是怎么想的，李白也懵了，根本没有时间反应，抱着头学着婴儿的方式打起滚来。李白躲得太快，这让他收不住闸一样的向自己门前的梧桐树滚去。他在翻滚的过程中看了一眼树下的东西，一根月牙形的铁环还在摇晃，他猛然意识到这就是王寅用来砸自己的桶把手。他的求生欲不知从哪儿冒了出来，支撑着他呼啦一下跳了起来。他的腿扭伤了，没能直接站起来，但至少，他在距离那个刺刀般锋利的铁把仅有一厘米的时候停住了。他长舒一口气，像祈求一般合十了掌心，慌乱的神情使他苍白的脸变了形。

这时，王寅也冷静下来了，他涨得紫红的脸非常可怕。他喊了长脸出来，长脸便从树后挪了几步，露出了半个身子。王寅开口讲的第一句话就是："你爹在我这儿，你说吧，给我多少封口费？不然你信不信我弄死他，然后，你雇人扮演他的事就得穿帮！"

"王寅，这不足以构成你刚才蓄意谋杀我的理由。"李白轻轻地说，"听好了，我从小到大还没受过什么人的威胁。你休想用这种事吓我。"

王寅的嘴唇预备性地上下动动，接着怒吼起来，"你还算是我兄弟吗？怎么连你也不帮我？你知道我不可能对那女孩做出那种事儿的，是她，她神经病犯了突然吻我！"

"你可以推开她！"

"我怎么推？当众？她咬着我的舌头，不让我走！"

"我完全没看出来你是被迫的，你当时看上去很享受。"李白用厌烦的腔调接着说，"哦，这应该是第一个主动喜欢你的女生了吧？"

"你的意思是我就不该有人喜欢？"王寅问这话的时候下巴上的肉紧缩起来。

"癞蛤蟆想吃天鹅肉。"

"你亲爹的死活你都不管了，是吧？"

"他不是我爹！"

"你两个爹现在都在我手上。"

"你少拿'爹'来威胁我！"

"对你来说，沛县的所有一切最好永远都藏起来。现在，包括我。"

"你既然说了他和你在一起，他人呢，你为什么不把他带来跟我对质？"

"你还记得自己有个亲生父亲啊？"

"我们家的家事，你算老几，凭什么指手画脚？"李白随之发出一声短喝。

"我，我……"长脸嘟囔说。

"你，你，你什么你？你跟他一类，"李白指着树后正在抠手发愣的长脸说。"活该娶不起老婆，尤其是在北京！何况你绝对不可能不知道那小姑娘是谁，全世界都知道她是舒适的女儿，那就是许梦娜的继女啊。这么些年，你口口声声说要为许梦娜守身如玉，结果呢，你当着她的面性侵她的女儿。"

"我没性侵！我再说一遍，是她先主动。"

"许梦娜不会再见我了，都被你这龟孙给拖累了。她肯定拉黑我了。"

"我还没有许梦娜重要？"

"我不也是？在你心里，不就只有一个许梦娜吗？"

"我是真心喜欢舒家闺女的！"王寅红着脸走到李白跟前，他用头死死顶着李白的脑门。

"臭小子，你是不是听不懂人话。你娶不起！"李白推了一把王寅的肩，接着趁王寅没站稳的时候骑在他身上，用膝盖狠狠压他的二头肌。

"对，我是娶不起！但我可以睡别人的老婆。哎嘿，例如你，你老婆！"王寅扭过了脖子喊道。

"你睡了谁？"李白的脸开始发抖、下垂，他颤抖着，扯着王寅的领子问，"说清楚，你睡了谁？"

他已经完全失去了控制，话还没说完，就挥着拳头冲向王寅。王寅在他挥拳的瞬间撤到了半米开外的地方。他看了一眼长脸，接着发狂一样奔向李白。他们俩就像两个即将在天际碰撞的陨石，炸裂是迟早的事儿。而为了避免残局，或者是有什么其他原因，树下的第三个人忽然冲了出来。他窄瘦的长脸在灯影下显得特别突出，十四行诗，毫不押韵地跌进了两个男人的搏斗。没等长脸喊出"Stop"（住手），他就已经被王寅的一记左勾拳挥出天外。李白听到长脸喉咙发出闷闷的一声呻吟，他看见他正在以一个弧线向树下他原本站的位置飞去，哦不，他走后，树下现在站着的是那个锋利无比的铁把，把手上镶了一颗刻有舒家图腾的水晶，金光闪闪。在李白看向长脸的那一刻，王寅的右勾拳恶狠狠地打在他的左脸上。他听到王寅暴跳如雷的语气，说着："从小到大，你什么时候看得起我了！可我呢，我拿你当亲哥！"王寅停住不走，他在等李白的反应，哪怕是他的牙齿被打掉，吐一口鲜血也算。可他等到的却是长脸的回答——长脸的胸口直接被铁把的一端扎穿了，他鲜红色的心脏从铁把的另一端露了出来，更准确一点讲，是外挂在了那个铁把上。

他们惊呆了，第一次看到"心在滴血"的现实场景。长脸试图寻觅一下自己的胸部，他觉得好冷，可他猛一下想挣脱，却黏在这铁把上动弹不得。长脸的血肉正在连同这刺穿他胸腔的坚硬东西，变成这个漫长冬天的背景。在他摸到自己心脏的时候，他吓断了气，手垂下来，搭在水晶的位置上。李白和王寅疯了一样跑过去，握住他的手和胳膊。他们的手偶然间触到了那颗水晶，他们发现，所谓舒家使用的质料不过是玻璃。长脸的血先是汩汩，再是稀稀拉拉，最后一滴滴地浇落在那块玻璃上，像诗一样。

王寅的眼泪豆子般七零八落地掉了一地，他摇着长

脸的尸体，还抽了长脸几巴掌，可那家伙越来越硬，他抽得手心直疼。李白拉开了王寅，两个人面无表情地看着眼前的尸身。十分钟，或许二十分钟，李白弓起腰，王寅把长脸使劲折了一下放到李白背上。长脸的心，哗地掉到地上，王寅没办法，捡起来重新安回尸身。他从铁把上取下那颗心的时候，想起了上次他和长脸撸串的场景，仿佛正从一根铁签子上取下一块猪腰子。

他们出发了，目标是山顶的黑松树林，李白想得很周全，他认为把长脸葬在舒家的院子里，一千年都不会有人发现。长脸可以在舒家权势的庇护下，颐养天年，接着转世投胎，说不定就落在舒家。

上山的路比想象中要难走得多。他们不能走有扶梯的阳面那条路，只能走山阴的小道。他们沿着挖了渠的小道走，走的是水路。李白原以为舒家的湖是天然形成的，看到这浩浩荡荡几里地的渠道时，他明白他又上了有钱人的当。他和王寅轮番背尸体，路过一片灌木丛和一大片椴树林，他们踏上了一个锁链穿成的木头桥。这时，王寅背着长脸走在前面，李白扶着尸体走在后脚。本身走得好好的，谁知一阵疾风袭过，王寅打了个喷嚏，他的一激灵使得长脸的心又冒了尖。李白被那风吹得后仰，两手去抓铁索都来不及，根本顾不上那颗心。王寅再想往前迈步的时候，那颗心已经偏离他们的路线45度，眼瞅着就要掉了。李白急了，跳了一步要去扶那颗心，王寅听见异动，也忙回头。60度，那颗心慢慢旋转着坠入溪流。水渠不深，水流很急，扑通一声。长脸的心随着顺流而下的水花快速消失。他俩眼睁睁看着长脸"透心凉"的后背不知如何是好，只能耷拉着脸。最后，李白从王寅身上接过长脸，决定继续往山上走。在他们就要看到黑松林时，李白问王寅还记不记得家乡也有这么一座桥，架在小溪上。王寅说他当然记得，不过家乡的是石板桥。邓楼村的孩子都会在那个石板桥上玩平衡木游戏，直到有一天有人发出一声尖叫掉了下去，他们才停止了这个游戏。至于那个落水的孩子，他们都没再见过。没过多久，他们又开始在石板桥上蹦蹦跳跳起来，仿佛什么都没发生过。

农村跟城市最大的不同就在于此：农村人把生死看得很淡，一个人没了就是没了，日子还要继续。农民喜欢闹白事，有时是为了张罗酒席，乡亲们难得吃一顿高兴的。李白和王寅到了城市之后，发现生命一下子变沉重了，他们要向文明人负责，所有人争着抢着要让他们负责。付不起，想逃又逃不了，结果欠了一屁股的人情。他们以为这样想，会让自己好受一点，但在又轮了几次肩夫的活儿，后背全被长脸的血染红了以后，他们开始思考赎罪的问题。想得太用力，还差点儿让王寅卡在舒家门外一米多高的铁栅栏上，他原以为这栅栏会通上电，在他翻过的时候直接把他"击毙"。可高门大户也要省这一毛半块的电费，他们安然无事地翻进了舒家领地。在他们刨开一棵黑松树下的土（没找到其他锐器，只好从长脸胸腔拔出那个铁把，用尖的那头刨土），准备把长脸掰直再好生下葬的时候，他们意外地发现这棵大松树没有根。李白把长脸立着放在土坑里，起初是掯掯那棵树的根部，后来他喊王寅上来检查，两个人一起抬着那棵大树，居然觉得非常轻，丝毫不像一棵树该有的重量。

李白对王寅说："这也许跟树的年龄有关，许梦娜说过，这些都还是小树，没成年呢。"

"不能啊，小树也是树，根不可能是这样的，这分明就是……"

"塑料的。"李白握着根不得不承认。

就在他们纳闷时，一束光晃了他们的眼，跟着那光的是一个提着手电筒的保安。他们还没反应过来，保安竟先问了话："长脸？"

王寅怼了一下李白的胳膊肘，李白学着长脸的声音，回应说："嗯……是我。"

"你在那旮旯干啥嘞？搁这儿大半夜的，黑灯瞎火。"保安继续问，并一直拿光扫着往前走。

"我在……搞对象！"王寅忽然嗷嗷了一句。

"嗨！"保安停下了，脑袋一探，紧接着一缩，他窃笑说："老小子行啊，兄弟懂你！那个啥，你们继续弄啊，大妹子，可劲儿造啊，我不打扰了！"

"说你'大妹子'呢。"李白回怼了王寅一下。

"滚，"王寅抬了一下眼镜，叹口气，"如果你今天在这拦住他们，不让他们把我丢出去，长脸怎么会变成这样？"

"你说啥？"已经离开的保安忽然回头问。

"没啥，我俩挺好的。哎呀妈呀，老舒坦了！"李白打了王寅一拳，掐着嗓子大声回答。

那保安憨笑着跟长脸挥挥手，没再多说什么。李白奋力举起长脸的一条胳膊，也跟那个保安挥了一下手。但介于死人的手实在太硬，他只能抬起一半，让人看了还是不免觉得奇怪。好在那个撞破他们的保安十分相信自己撞破的是一桩奸情，他们也就平安地躲过此劫。在他们就要下葬长脸的时候，王寅不知从哪里搞来了一把刮胡刀，他坚持要多做一个动作，给长脸刮刮脸。因为刮脸是长脸乡下的传统，红白喜事之前都要刮一刮。

刀刃沿着长脸紫黑色的瘦脸往上游走，他死了之后脸上的褶子也少了，皮肤显得很紧绷。

"如果有肥皂就更好了，这么硬刮，好像刮不太干净。"王寅说。

"别废话了，赶紧的吧。你这一辈子就都耽误在你犹犹豫豫没有建设性意见的事情中。"李白靠在土坑的一侧，斜着脸看周围的环境。

"下葬前总要刮刮脸，"王寅手下的刀基本把长脸脸颊都刮干净了，只剩下颧骨和耳朵附近的一点儿，他继续说，"说不定我刮完，这家伙又活过来了呢。"

"王寅，你为什么跟他这么好？因为他比我有才？"李白说。

"因为他是你爹。"王寅说。

"别闹，我正经问你呢。"李白说。

"他比你真。"王寅说。

王寅很快就刮完了，长脸的眼睛依然没有睁开。眼下，这人真的死了，细长的眼睛黑得像两枚生了锈的铜钱。王寅握着小刀注视着他，一张比马还要长的脸。因为死去的刹那过于疼痛而合不拢的嘴唇，呲着两排常年抽便宜烟喝劣质酒的黄牙。李白先移开了王寅，再把长脸正正方方地扶倒，稳稳地摆到他们事先挖好的坑里。他们先后从土坑里爬了上来，用那个看起来特别单薄的铁把手铲起土来，一铲铲地将土盖在长脸身上。

这时，王寅说："如果刚刚我记得拿铁桶来就好了，现在就不会这么费劲儿。"

李白没理他，他已经开始用手捧着土泼在长脸身上，压在尸身上的土他都会小心翼翼地铺平，用手掌压一压。

长脸的脸已经完全陷在土里，他们不得不跟他道别。再过几天，最迟几周，长脸的嘴、鼻子和眼睛就会统统变成黑色的洞。

李白忽然放声大哭，他哭了两声之后就被王寅捂住了嘴。王寅问他这是发什么神经，他的眼泪却抑制不住地往下淌。他想告诉长脸，他想到了一个可以让他永生的办法：他要出版他的诗集，要把逝去不久的东西重塑出来。他亲自做他的出版人，不让那些骗子插手。即便一千年匆匆而过，他的后代也不会对长脸的东西和他们这代人所经历的沧桑巨变直打哈欠。

他们仁是这时代余下的为数不多的有趣之人，他们还活着，谁也不能否认这一点。

第十四章　说真话和坦白的区别

如果不是李二伯打长途来问李老爹的近况，李白不会主动想起李老爹。二伯在电话那头掩不住地激动，他许诺说今年邓楼村的收成一定会好，这通电话就是为了专程感谢李老爹。

李白说："一家人哪儿用得着这么客气，不过我爹没回村里？"

"没啊，他不是留在北京了吗？我以为他住你那里。"李二伯说。

"哦，对，是住我这。"李白说。

李二伯执意要转一笔款子给李老爹，原因是他不能白要李老爹的地。

"白要？"李白问。

李二伯又解释了起来，半个小时过去，他还没切到正题。最后李白要挂电话，他才不好意思地说，他不是听了他们（指李老爹和李白）的建议搞了电站嘛，结果电站黄了，开闸放水的时候要找一个排水口，村里的乡亲们哪有愿意的，只有李老爹站出来说用他那块地。一朝放水，耕作了四十年的土地就要变汪洋大海。

"放水？"李白问。

李二伯听后支支吾吾起来，他东拉西扯地说起他童年时最心疼李老爹这个弟弟。李白明白了，然后他选择了一个最简明的回应方式，直接问李二伯准备怎样赔偿李老爹。

结果电话那头立刻义正词严地端起架子说话，李二伯笑道："修电站这档子事儿是老十二起的头，那他就该负全责！我现在掏腰包贴补他，全是看在亲戚的情分上！"

"要是我们不负责呢，你还地给他？如果我们只要地，不要钱呢？"李白说。

再多说一句，双方就要吵起来了。李白撂下这句话后索性挂断电话，任凭电话那边的李二伯怒不可遏地骂他，"老十二怎么生出你这么一个……"

李白并不生气，他了解邓楼村人的特点。每年的春秋两季耕种，对村民来说只是一个过场，能有个由头聚一聚这帮懒汉。这十年来，城市倒卖房产，农村就流转田地。有权有势的村民的确先富起来了，到李二伯这儿只能是捡人家吃不掉的土地倒倒。农民遵循的是日出而作、日落而息的自然规律，靠天吃饭。现在忽然靠组织、靠关系、靠电子农业吃饭，他们真心吃不习惯。而像年轻一代的邓楼村人，李白的那帮子堂兄弟，一到春天就往省城跑。几个春天下来，竟然全跑光了。他们当保安、当清洁工、当泥瓦匠，就是不回村里。李二伯的大儿子去年来北京的时候，见了李白一面，见面头一句话就是说："我死也要死在城市，下辈子不做邓楼村人！"

李白闭上了眼睛，稻田若隐若现。多亏这通电话，他才睡了一个好觉。

前些天，他从山上回来之后就一蹶不振，比他平日那种萎靡要更激烈一点，明显的症状就是连续一周睡不着觉。一闭眼，脑子里就有无数个那谁谁的脸在飘。有时那谁谁的脸会取代王寅，让李白不停回到事发前的玻璃小屋。这个有关那谁谁的故事，好像在冬天必须讲完，不然夏天不会到来。他的脑子频频闪现的也不过是这个故事几种可能的叙述方法。那谁谁连个葬礼都没有。即便有，他也不便去。他和他的家人不能结伴同行。他把理由归咎于下雪，恶劣天气，他们的汽车打不着火，蓄电池吱吱响。

要不是李二伯，他大概不知道在亲戚眼中，他和他爹从来都是一家人，被当作一个人算。他也因为这个好觉而遽然醒悟自己很有可能是透过李老爹而活。他爹活在他身上，附在他身上。要是他爹不见了或死了的话，他相信他也会夭折。正是这种错综交杂的情绪，逼着他去向王寅打探李老爹的下落，包括他什么时候抵京、什么时候出门，他没用"出走"，懦懦地用了"出门"这个词，因为他不想在任何不经意的地方暴露出他的孝心或作为儿子的愧疚。

"家人"这个词太过抽象。对于一个词是否抽象有一个非常简单的判认方法，即可否找到另一个词来替代它。李白觉得没有词可以取代"家人"，尤其是他老婆怀孕以来忽然有了妻子的美德。这个事情与那谁谁的死一样，都令他难以消化。方佳佳一连五天，做了土豆炖牛肉、小炒黄牛肉、番茄牛腩、牛肉肉臊饭和牛肉杂酱面。在吃到那碗杂酱面之后，李白的胃告诉他，方佳佳一定是知道什么了。她在用"牛肉"讽刺他，而且她知道他不能对一个孕妇说不。他胆怯地在家中踱步，因为方佳佳休产假而跟他抬头不见低头见，他很痛苦，依旧忍着没有直截了当说出一切。这个故事现在变得很棘手，他不知道长脸的死是否算是妥善处理，也不知道李老爹这个事会不会被方佳佳戳穿。这两件事其实是一件事，就是他正绕过一块冰向北极大陆走去。方佳佳在炖牛肉时曾惊诧地冲他瞥了一眼，令他的眼光立刻落到了窗外山顶的黑松树。它们躲在灌木般稠密的老树背后，顺着小溪把它的枝干流入每家每户。

"老婆，等我们孩子长大，知道孝敬我们，他（她）也会让我们住舒适家那种房子吧。"

"不要，我希望咱家孩子就当个普通人，能养活自己就好。"

"你不是做梦都想跟他们换房子吗？"

"那是没嫁给你之前，谁还没个公主梦呢？你一个大男人到现在，不是还想当公主呢吗？"

　　方佳佳意味深长的回答，灵巧地避开了关于换房子的事儿。这让李白惴惴不安，他又开始失眠。一条湍急的小溪顺着石头台阶流淌，冲刷着鹅卵石地面，流向他的房子和他的家人，在梦中，每想到这儿，李白就没办法继续入睡。他现在已经束手无措，唯一能做的就是去习惯他永恒的、沉闷的家庭生活，去习惯那谁谁被杀之后对他造成的震动。这条小溪应该就是通往舒家的那一条，为什么这么说呢，这不是许梦娜站在她卧室的窗前看到然后再告诉他的，而是他站在许梦娜卧室窗前亲眼所见。

　　他看那小溪的时候，浑浊的红色正从堤岸上缓慢地涌下来，许梦娜从床上走了下来，在窗的后面他的后面停住，环住他的腰。林中潮湿寂静。阳光洒向他们裸白的躯体，他转过身把她轻巧地放到自己腿上。她的小腿缠住他的大腿，他们就这么既无"从前"亦无"以后"地做爱。他早已不再期待任何新鲜事物，没有期待就不会在得到的一瞬间失去。做爱的过程，肌肤相遇，摩擦行礼，磕磕绊绊，然后分开。奇怪的是，在这期间，他们谁都没说话。他们漫长而严肃的"谈话"，把性的欢愉落在一些与爱无关的骨头缝儿里。李白意识到自己对许梦娜的爱不过是着迷，久久地，让时间走得没有尽头。迷和爱的区别很微妙，但却具有决定性意义。迷意味着青年时期"李丰收"的终结，是个不可挽回的事实，即便他后来改了名。如果是爱，那就必须坚持对抗自己的种种脆弱，每天都遭受煎熬，难以应付抽象的生活，譬如"家人"就给予他这种痛感。迷不可改变，而爱也是条不归路。为这迷而非爱（也许吧），他的目光变得柔和起来。她的吻在他身体里打转。他在想，"有时我漂泊流浪，从海角到地峡，有时我是个鲁莽的情人，彻夜不归"。

在分别之前，他们牵着手走入后院的花园。他们朝着山谷喊话，手牵得更紧些。喊够了，许梦娜逗着一只黑底白色斑点的小甲虫玩了一阵。小甲虫想逃却被李白的脚挡住了去路。他赤脚去触那只小甲虫，小甲虫不安地动它的触角。然后许梦娜忽然讲起自己为什么要和舒适在一起。她非常平静地讲着自己的故事，像讲别人的故事那样。她说他和舒适曾有过一个孩子，可他不能接受他们的孩子。她在 Palm Sunday——复活节前一周的星期日，做掉了那个孩子。这时，李白把甲虫压到一块石头下，他缓慢地踩了一脚，直到听到一声带汁的破碎声才松开他的脚。他扔掉了那块石头，她说她在棕榈周逛了凯特金市场，买到了一个绿松石做的地球仪和一个天使形状的花岗岩纸镇。他想再听听刚才的破碎声，颇费工夫地找相同样子的甲虫。可是在他找到小甲虫之后，却怎么也找不到相似的石头。那石头没什么出奇，不过是会出现在长满荆豆和冬青的山涧的普通岩石，只是会反光而已。又过了一阵，他们发现山里下起了毛毛雨。黝黑皮肤的仆人站在山顶上呼唤许梦娜，手中提着一双羊绒底的白色外出鞋。那鞋子和她身上那件拖到脚跟的白色睡衣很搭。于是，他松开了她的手，从地上站起来。他找到一条熟悉的小路，绕过他和王寅走过的小溪，跑起来，树枝不时绊得他跌跌撞撞。等到他好不容易走到那座锁链木头桥，他下意识地调整步伐，好让脚后跟每次都踩在两块木板之间的接缝上。但木板宽窄不一，害得他走不快。他头顶的大块松软的云彩反而示威似的闪动。脚下的木板咯吱咯吱响，他觉得全身发热，心都漏跳了一拍。过去的日子全混了起来。他对许梦娜只是隐隐约约有个印象，在他们交欢之后这个印象并不如他想象的那般浮出水面。她总归不该跟他交代过去的事儿。这和她在他心中的那个形象有了出入，"过去"在他记忆中恍然变成一块痒痒之地，想挠却又够不着。

　　两个小时后，他卧在家中的沙发上。

　　他看着家中的一切，能发声的：电视机、收音机、录音机、B&O扩音器；能反光的：带镜子的衣柜、电冰箱、微波炉、洗手池和灶台，以及他伸直手臂能够到的那个丹麦名家设计的沙发扶手台。这一切都附着一层欧洲教堂和修道院才会看到的染色玻璃，失去了它们原本的颜色。只有远处门禁入口的墙面没受到大厅中央落地彩玻璃屏风的影响，这让方佳佳新买的那张毕加索的仿作显得遗世而独立。画面中一个扭曲的圣母玛利亚抱着一团东西，他猜这团东西应该是小耶稣。那张画造型奇特，小耶稣头戴荆冠，圣母的心被画在了体外。李白为了配合方佳佳，把自己的珊瑚挂件挂在了"毕加索"的旁边，却在每天早上被她取下，扔到玄关的鞋架上。最近他的挂件逃过此劫，还要多亏方佳佳怀孕。她不出门也就没必要理会这挂件。挂件原本有一对，另一件送给了王寅。王寅告诉李白，自己很喜欢这个红不拉几的小耶稣。它让他感到快乐。正因为这对挂件，他俩建立起一种可以并排跪在地上悄声祈祷的友情。越是牢固的友情，越容易被人遗忘。人是只对失忆负责的动物。直到非记不可的时候，扰人的健忘症才会幽幽地浮出来。

"阻止，接着一波的阻止。"李白搂着老婆看电影《闪灵》时，他心中在想。

他老婆看着他，从他的怀里腾了出来。她的头发还没梳，穿着一件华丽的和服式睡衣。她看了一眼电影里两个小女孩找到小男孩的画面，扭过头问李白："你想要个男孩还是女孩？"

李白盯着屏幕，这一帧的画面接着上一帧消失的小孩，变成汹涌的红色液体，像血，排山倒海而来。他的表情有些迟钝，眼睛中冒出看了许多遍却对剧情依旧不解的神色。他搭不上老婆的问话，只好说："你刚刚说啥来着？"

"男孩还是女孩？"她显然有点儿不耐烦。

"女孩吧。"他说。

"为什么？我想要男孩，而且想要一对。"

"什么时候体检，三个月就可以查了对不？"

"嗯，下次吧。我倒是想要个男孩，这样以后我就有个帮手了。"

"你不是有我吗？"

"不，如果哪天你死了。我至少需要一个人来帮我处理你的后事，还要挽着我的手，陪我一道参加你的葬礼。"

"哦。"

"葬礼那天，我会穿一条低领露肩的黑色长裙，戴一顶Philip Tracy设计的薄纱礼帽。"

"哦。"

"可能只有我们去参加你的葬礼。"

"哦？"

"你的父亲和你最好的朋友都死了，你活得比他们要久。"

"这样说可不太好听，这不是在咒他们吗？"

"也许不是呢，谁说得准？"她的脸上挂着一副奇怪的表情，是狐狸蛊惑狮子之后才会露出的狡黠，"是或不是很重要吗？"

他听后脸色陡然一转，白得像个泡在福尔马林里的胎儿。他勉勉强强地说："你是不是知道什么了？"

"什么什么？"她说。

"你知道我为什么娶你吗？"他说。

"看上我的钱。"她说。

"不，如果为了钱，我可以找到比你更有钱的。"他说。

"那是因为什么？总不是为了我这个人吧，我知道你不喜欢我的长相，也不怎么喜欢我的性格。你喜欢委婉曲折的温柔女人。"说这话时，她的目光并没有露出相应的窘迫。

她的淡定反倒让他忧悒不堪，电影中男主角敲着打字机的声音咣咣直响。

他试图转移话题，不过总是失败。他不自觉地聚焦在她的肚子上，那个根本看不出有生命迹象的扁扁小腹，怎么可能在数月之后诞下一个胎儿，一个孩子？他觉得孕育这件事就是咣叽咣叽的虚妄靡音，伴随着咄咄逼人的"生男还是生女"之类的性别陷阱。有句话根本没过脑子，一下子掉了出来，倒是比任何生命都提前到来，他说："你是不是知道我杀人了？"

"你又在讲故事了对不对，以前你总是给我讲故事，可你从来没给我一个机会看看你的大脑是怎样处理素材的。从你写作开始，你就喜欢夸张，这是你还没成为作家就先沾染上的坏习惯。"她说。

"你想讲什么故事？比我杀人还重要？"他看着她，犹豫了一下，站起来走到窗边。

夜色已经暗下来了，对面房子前面的空地上，两个保安正拿着手电筒晃来晃去，他们在他家门口不远处的雪桶前停了下来。

她开始讲了。"就在我们上次去美国的途中，一个白人女子拿着你的钱包到咱们住的小旅馆找你，克利夫兰郊外的那个破地儿，乡下，我根本想不明白你怎么在那种地方还有认识的人。"

"是不是能看到伊利湖？"他插话道。

"不要打断我！那个地方是哪儿根本不重要，人家想说的重点根本不在这啦。"

"好好说话，不要假装自己是个上海人，你根本不像。"

"你不是祖籍上海吗？我以为你喜欢上海女孩那种嗲嗲的感觉。"

"我不喜欢。"

"那你保证不再插嘴。"

"我保证。"

　　她继续讲。"她既然是来还钱包的，我就让她进屋了。她穿着讲究，看上去很结实，大高个儿，还挎着两个包。她跟我说，这是你的。我就打开钱包检查了一番，你的身份证和驾照都在，美国公路那张通行纸也在，确定是你的钱包没错。不过就是一毛钱都没有，连钢镚儿都没有。这很奇怪，因为你每次结账的时候怕麻烦总是给整钞，应该攒下很多钢镚儿才对。我没有问她钱去了哪儿，兴许她用咱们的钱置办了她这身行头，尤其是她脚上蹬的那双菲拉格慕，那年春季的新款。快三点了，你还没回来，你到底上哪儿去了？我只能留她和我一起用茶。她坐下之后，没过一会儿就开始跟我讲起她的经历。她出生在北达科他州的波特诺，就在美加边境线上，从她家阁楼可以望到加拿大那边的森林，还有你提到的什么伊利湖，蓝色的。他们整个城市只有2220个人，或者2120，我记不清了，总之她一辈子对这个城市最大的贡献就是生了三个孩子。她和两个儿子住在当地，从事皮艇租赁的工作。这份工作只有在夏天才算一份正经营生。到了冬天，零下二十度的时候，什么都做不了。来给你送钱包的时候，她正巧来底特律看望自己最有出息的儿子，他在密歇根安娜堡大学读生物工程。她非常以他为傲，尤其是跟自己另外两个儿子相比。他既不是酒鬼也不是烟鬼，不嗑药，没有不良嗜好。也是因为小儿子过分优秀，他从小就被两个哥哥欺负。他们会拽着他的头发，把他从家里一路拖到大马路。她一直在讲。我们等了你很久，直到她把我讲瞌睡了，她也把自己讲得满脸通红。她说，她约了小儿子吃饭。她正准备离开，递给我她的茶杯。她在递过来杯子的时候，张开了嘴，快速喘了两口气。然后杯子掉到地上，她一头栽在旅馆的沙发上死了。就在我们那不足二十平方米的小地方，死了！"

"我回去的时候，你为什么什么都没说？"他问。

"我能说什么呢？"她说，"当我反应过来要打电话叫救护车，她已经开始变色了，肉眼可见地变成紫灰色。我吓坏了，拨了几次112之后才反应过来应该拨999。"

"警察来了？"

"当然，这是一条人命啊。我打开她的钱包，想看看能不能联系上她那个在底特律的儿子，但我在她的皮夹中先看到的是我自己的照片，就夹在一堆钢镚儿和一叠美金里面。我知道那是你的钱，因为里面还有两张粉红色的人民币。你知道我当时有多吃惊吗，我根本不明白这一切是为什么。"

"你后来见到她的小儿子了吗？"

"没有。我干吗要见他，他跟我有什么关系吗？说到底，我根本不认识她。再说了，她还偷了你的钱。"

"我想不到你一个人经历了这些。"

"就像我也想不到为什么我的照片要和钱放在一起。"她说，"我知道你要讲什么，这是命运让她死在我们旅馆的沙发上，对吗？"

"对，"他看到他老婆在哭，从窗边缓缓地走回来，把手帕递给她说，"我以为我写东西，我不杀人，可命运让我杀了人。"

"按你的逻辑，我不是也杀过人？那个美国老太太，住在边城的可怜人。"

"听着，宝贝，我杀的不是别人。我……"他的迟疑没有持续太久，他坐在她身边，开始用手指敲沙发的橡木扶手，"我杀了我父亲。就是你上次在婚宴上敬酒的那个人，板寸头发，穿着中山装的那个男人。"

"他？怎么可能？他是你爸爸啊！"她喊道。

"你听我说，事情已经发生了。这不是写小说，我不能踮起脚尖绕着它走。"他拍了拍她的手说，"何况，死的不是别人，没错，就是你公公。"

他们说了很多关于"父亲"的故事，不过始终没有提到"长脸"这个名字。她哭着卧在他的怀里，他默不作声地捋着她的头发，同时看着窗外的风景。

雪又下起来了，六角形的雪花扑打在落地窗上。他看到他们正处在电影的结尾处，也看到门外的保安早已不见踪影。而且，保安带走了雪桶。

第十五章　柏树胡同

黎明前，两条母狗不停吠叫，喧嚣声把王寅吵醒。他醒来，看着他那个一半地上一半地下的倒霉窗户，此刻已经完全被雪覆盖，密密的不留一条缝儿。不知道算不算因祸得福，他咯咯地乐起来，至少他的家忽然有了私密性。隐秘让他的空间膨胀起来，原本捉襟见肘的小地方忽然一下子连通了什么看不见、数不清的门——好像他翻个身就能从窄窄的木板床上掉到一个拥有楼梯平台、客房、穿堂、杂物间、密室、小粮仓的房子，他的肉身可以置身在一块崭新的毛茸茸的地毯上，然后他在上面打着滚，佯装这些毛都是梳妆台上的梳子。

　　所有美好的想象都无法停留太久，在太阳出来的时候，雪稀稀拉拉地开始融化，跟泥土混在一起的棕色斑迹象廉价纪念品一样留在他的窗上。他给同事发了一条信息，让她帮他请假。他记不清这是这个月第几次请假了，就像他记不清这位同事的长相。那种感觉好像她原本就没长脸一样。他在洗完脸、脖子和手（他早上只洗这些部位）之后，他缩小了对她的想象范围——笃定了许多，她不是长了一张被压扁的脸，就是长了一张前胸和后背同样平的脸。"她那么平。"他这样想，闭着眼在床上又躺了一会儿。

　　午后的北京大街，走在路上的多数不是北京人。王寅鬼使神差地往城里走，坐上了一辆由南向北的公交车，在陶然亭上车，途径12站，在美术馆后街下车。他觉得这里应该离他和长脸上次来过的地方不远，他遇到了一些路人，那些人身上有着上次他闻到的味道。只不过他没法儿把这城市闻得全面，街道上满是马达的轰鸣声、车轮的吱嘎声和共享单车的叮当声，这些此起彼伏的声音震耳欲聋，不仅遮住了独立存在的个体，也盖住了这些人身上的味道。还是那个卖卤煮的大哥，他打着哈欠展开一份《北京晨报》，绷紧的报纸在他身旁卤煮的蒸汽中变得透明。王寅想跨过马路去跟他搭讪，问问他今天有什么新闻，但红绿灯却迟迟不变。等到可以通行的时候，卖卤煮的已经放下了报纸躲进屋里去了。王寅戳在卤煮锅子旁边等了他一会儿。他读到报上的消息，头条是关于华北连续数月的超强降雪，有气象专家指出这与全球气候持续变暖有关。他又翻翻内页，在"警民同心"栏目的角落找到了一则寻人启事，他目光一扫立即知道这是由红城山庄保安队登出的。换句话说，保安队和派出所现在至少都在找长脸了。

等他将要再度陷入紧张之时，卖卤煮的大哥从屋里出来了，他看到王寅，笑了一下，用油腻腻的套袖抹了一下鼻子，忙问："您来一碗？"

"好。"王寅在锅子另一侧的板凳坐下。

老板掀开锅子，麻利地盛了一碗满当的"硬货"递给王寅，并感叹说："这个冬天奇了怪了，雪下个不停。"

王寅接过碗，动起筷子。头两口在口腔里打了好几个转，待卤汁在口腔中变得不那么刺激了，才咽了下去。老板看着他略显吃力的吃相，笑着说："要想当个地道北京人，这玩意儿不吃也得吃，吃惯了就能吃出它的好了。好比你在北京，这不，住惯了才知道好。"

王寅继续吃，努力吃，却总是离大快朵颐还有段距离。老板继续说："一下雪就有人失踪，我看这个雪还是不要下了。"

听了这话，王寅本应觉得害怕，可他又为自己犯下了不为人知的罪行而沾沾自喜。接着嚼了几口大肠，他很快又陷入一种新的痛苦，他皱着眉头问那老板："您看我像不像坏人？"

老板笑嘻嘻地打量着他的模样，说："我在北京生活了很长时间，到处都去过，什么都见过，认识很多人。像你这样一头黑发，脸色惨白，戴这么厚眼镜的，我看一眼就知道是读书人。既然是读书人，怎么可能是坏人？"

王寅听完，痛苦消解了一半，那沾沾自喜的痛快再次升了上来，他鸟儿似的转动脑袋，按捺不住心中的喜悦说："如果我干了坏事，还上了报纸，你猜猜能是什么事？"

大哥马上提高了警觉，壮实的胸膛往后一倒，快速摘掉了套袖，一脸严肃地问："你小子不是想逃单吧？丑话我可说在前头，没等你跑到天安门城楼，我就先给你丫按在地上！"

王寅大声地敞笑起来，他的笑来自前一秒紧张心情的急速松弛。内心的不安快速被一种虚无填补上来，所以笑得格外敞亮。

王寅笑完，卖卤煮的也跟着笑了。那人伸出手去扑闪铁锅盖上爬着的一只小虫，扑了好一阵。吃完这一碗，王寅亲手把钱塞到那人手上，他的高兴劲儿也消失了。他的手重新变得冰凉，用同样冰凉的语气告诉店家："刚才锅上根本没有虫子。"

店家站着沉思半刻，然后揣着钱又进到屋里去了，他走的时候还在念叨："坏人又怎样？能坏到哪儿去？难不成杀人？"

王寅还想跟他解释什么，但是一阵突如其来的恐惧使他捏紧了手中的空碗，他一动不动地坐着。

过了一会儿，他收到一条短信，正要读，店家一声不吭地收走了他的碗。

子丑寅卯辰巳午未申酉戌亥。王寅在长脸走了之后一直在思考的是时间的问题。确切一点儿说，是关于时间单位的问题。他记得长脸跟他提出过质疑——如果时间不再按我们给它指定的时间表来行走，那么生活会是怎样？假设在十二时辰中抽掉"丑卯巳未酉亥"，只剩下"子寅辰午申戌"，那么被压缩的时间应该如何处置？如果再夸张一点儿，今天只有1个时辰，明天有36个时辰，后天有0.2个时辰，有些东西是不是就用不着大张旗鼓地追忆，另一些可能根本没空去想。有两类人会在时间的压缩和延展中得到宽宥：首先是赌徒，他们可以每日每夜地押上他全部的财产，输赢并不重要，重要的是他在不确定的时间中感到自己财富的无限扩张，这种无界的感觉令人着迷；还有一种人是已经破坏了社会制度与宇宙规律的人（前者显然比后者要多得多），时间表没了，他们像是突然获得了大赦，以前的罪行反倒让他们顺理成章地成为无政府主义者。从此以后，他们可以为自己赋权，在新的游戏中抢夺"建构时间"的权力。

在见要见的人之前，王寅特意拉长了自己的时间，他兜去王府井后面八面槽的外文书店晃了一圈。像这种藏匿在老巷子的小书店前身都是"内部书店"，没有介绍信的人连门儿都进不去。上了楼，空间变得玄妙起来。楼梯很窄很陡，朽了的木头在人的脚下哆嗦个不停。书店将大

部分的海报和画册都放到了二楼，黑白、彩色和颜色开始
脱落的海报贴得到处都是。角落里放着一张布面做的旧
沙发，它旧得让人觉得书店主人只是拥有它，却从不熟悉
它。那样旧的沙发底下，总有一两块口香糖，是希望把时
间留下的不怀好意的人故意黏上去的。沙发的上方，贴着
一张比其他海报都大的黑白海报，海报中的戴眼镜白人男
子抱着裸体的黑长发亚洲女人。王寅往沙发上一坐，抬头
望望那对拥抱着的情侣，他的手正好触到一摞黑胶碟，都
是约翰·列侬和披头士乐队的。他好像在沙发上睡着了，
等他重新意识到自己坐在别人家的沙发上时，他萌生出一
种跟暗恋的人偷偷做爱的快感。夜间的爱情，最值得纪念
的。他为此买下那张海报，在大雪纷飞的北京马路上夹着
它，躲闪从不听红绿灯话的机动车。

王寅收到的是李老爹的短信，他们约在柏树胡同的暂
住地见。那个皱巴巴的房间他去过几次。一张大通铺，几
张军绿色的毯子，一张只够遮住半身的电热毯。他怕李老
爹这样熬不过北京的冬天，又送来一床棉花被。可他也知
道，照着李老爹的性格，他肯定会把被子拿去跟工友一起
分享。于是他另外又给李老爹添置了一块电热毯。单单从

那黑色的电线也能看出，这个电热毯和这一屋子的人都不处在同一个社会阶级，它看上去比他们都贵。

电线的尽头是一面墙体开了口子、墙皮开始脱落的白墙。它现在是猩黄色的了，被烟熏的，也可能只因为当初涂的是质量不过关的油漆。李老爹有一次拎了半桶油漆回来，想把这主人家没用完的涂料直接糊上这面墙，对付一下。但他在行动之前被那个儿子在天津上学的江西老乡阻止了。按老乡的意思，这半桶油漆明天拿去工地卖了，折回来的钱够他们哥俩儿整一盅。喝多了，李老爹看着这斑驳脱落的旧墙皮也不觉得难受了，再说了，买时簇簇新新的东西可能没等运到家就已经裂了长长的口子。陆陆续续有新工友住进来，烟酒气熏得李老爹睁不开眼，他有时会倚着墙抽烟，但很少再留意那面墙变成什么样了。

直到江西老乡要搬走，房东才头一回露面。北京胡同串子，跛脚。他因为江西人提前要走特意过来要违约金，进了屋，他自觉地捂住口鼻，然后瞥了一眼那面墙，他的下眼皮露出嫌恶，说："你看看你们这帮农民，把我这地儿都糟蹋成什么样了？就这儿，你还好意思开口跟我要押金，呸。"江西人被他的话拿住了，目光呆滞无光，开始发愣。李老爹替江西老乡说了一句圆场的话，大概是说他们打工的毫无冒犯之意，大家都是人，都是出来讨口饭吃。他的话激怒了跛脚的胡同串子。他极为恼火，像是突发痉挛一样摇着脑袋，"呵，还真把自己当爷儿了，住在北京就是北京人了吗，我呸！"这一次，他"呸"得比上一次更用力，而且吐沫飞得又高又远，好像能吐回三四十年前他的青春期，一报他在北新桥被小朋友群殴的仇。"呸"得过于用力，下一秒，他就开始喘粗气。可他忍着，硬是抹掉了脑门儿的汗珠，生怕细节会暴露出他只是个二房东的真相。他和他们必须楚河汉界分分明明。这警惕是从阶级区分而来。何况，李老爹一个农村人竟然比他一个城里人要更懂礼貌，这实在讲不通。

讲完这个故事，李老爹又对王寅讲了几个他最近刷墙的人家的故事。那些故事大同小异，都是有钱人住在漂亮的房子里，却过得不幸福的故事。到底是钱太多，多到花不完，家里人就会为这钱整日整夜地争吵。他见过出轨的老公在老婆的面前辩解自己的情人是亲妹妹的，也见过同父异母的长女在幼女的鞋里放钉子的，他碰见过新媳妇骂了婆婆之后转头把自己打伤再去向老公哭诉的。还有，家庭主妇跟他抱怨了一天自己婚姻不幸福，最后只为了他能少收施工费的。有的是比这更微不足道的小事儿。只有小事儿才会引得他们大吵大闹。他们有了钱，可还没得到尊重，总想着用钱去买对方的尊重，可自身又极其吝啬，觉得尊重不值那么多钱，于是对谁都一个子儿不花。

"我很庆幸，你和丰收还都算不错，没在大城市变得急功近利。"李老爹说着，手里正帮王寅缝补袖子。这小子的毛衣不知道被什么尖的东西剐了一下，开了线。

"也不知道啥时候整的，我自己都没觉得。可能是过马路的时候不小心剐到啥了。"王寅光着一半的身子，侧着靠在墙上。他抬眼看去，墙皮脱落得是有点儿看不下去了。

"你身处当中，自然难看见。"李老爹用嘴抿了一下线头，准备打结收线了。

"您平时也给丰收补衣服吗？"王寅问。

"从来没有，他不让我碰他的衣服。"李老爹用力扯了一下线，然后抻抻这补好的袖口，让线松一松，以便他打结。然后他看看自己的手，手指展开又合拢上，指甲被尼古丁熏得发黄，四周长满粗糙的硬皮和荆棘模样的倒刺。

"他是不喜欢跟人有肢体接触。"王寅的表情是在回想什么。

李老爹继续说:"他最怕对人有依赖。用他自己的话讲,如果我给他补好衣服,这件衣服他想扔的时候也不能扔了。'一件衣服就是衣服嘛,不要搞那么多附加值。'我也理解,他讨厌我们强加给他的任何东西。"

"也包括爱?"王寅问。

李老爹停了片刻后说:"特别是爱。"

王寅穿衣服的时候,李老爹佝偻着前胸静静坐着,他罩在针织背心外的线衣也破了一个洞,还没来得及补。他摘下自己的老花镜,眼镜下的好像是另一个人,一个面容憔悴、眼睛通红的老头儿。王寅没有发现老头儿身上的窟窿,他临走时,只是顺手把墙上的窟窿遮住了。用的是他下午从书店淘来的那张黑白海报。

第十六章　来者是客

李白下定决心要展开一段被折叠的感情的那天早上，雪正在融化成污水。车子溅起四环主路的污水，引得辅路上的人无处可躲。

天渐渐暗下来了，屋子里也越来越暗。化了雪的红城山庄，狭长的街道连接着出山的路，悠悠闪向每家每户门口的街灯。他始终没向枕边的孕妇提过许梦娜。他要控制这种节奏，慢反而可以让他的两个女人处在同一个平衡的关系中。只要她们都无法从他这儿得到满足，好像她们就会永远被困在这关系中似的。

如果不是她们的到来，门不得不打开，冷风溜了进来，李白还以为眼下已经是春天了。许梦娜穿着一件黑色开领毛衣，戴着一条方佳佳一直催李白去买但李白迟迟没攒够钱去买的高级定制钻石项链。这与几个小时之前与他搂抱、接吻的那个女人看起来判若两人，尽管她身上依然散发着藤木和无花果混合而成的芳香。

她撩起面纱，向李白和方佳佳介绍了自己身边那个绑着麻花辫的黑衣少女。少女戴了一顶男孩子才会戴的浅顶软呢帽，搭配她身上三件套的男式西服。其实，在许梦娜开口介绍之前，那女孩翛然无虑的模样就告诉了李白她是谁。她跟着她的继母进了客厅，被安排坐在李白家最名贵的北欧设计师限量款沙发上。可她完全不把这上等的灯芯绒沙发当回事儿，穿着锃亮的皮鞋直接跳了上去。这个举动同时引起了包括李白和他的两个女人在内所有人的注目——方佳佳恨不得用眼神把这小丫头的蹄子剁下来，她恨她弄脏了自己的宝贝沙发；许梦娜威严地盯着少女的脚踝，咳嗽了一声，但发现并不有效之后便视若无睹地呷起茶来。

"这是舒律，我女儿。"许梦娜说，"律律，这是李白叔叔，这是方佳佳阿姨。方小姐，这是律律。"

"嗨，律律。"李白说。

"我还是习惯别人称呼我作'李太太'。"方佳佳特意把她的肚子往前挺了挺，示意李白别忘了她也代表两个人，也为了说话时显得更有底气。

"你瞧，人家根本不欢迎你。"少女玩着手机说，跟着抖起腿来。

"律律，你介意我跟你和你妈妈挤一挤，大家一起坐吗？"李白说，"可以吗？"

许梦娜说："当然。"

少女往沙发一侧挪了挪，说："她不是我妈。你问这话的时候，不是已经坐过来了吗？既然你都要坐过来了，何必还假惺惺地问我意见？我的意见根本不重要。"

方佳佳嘴角上扬，她白了一眼李白，说："你看人家地主家的千金就是不一样！"

"我们一会儿就走，"许梦娜说，"今天过来主要是跟你们说件事。"

"两件。"少女补充道。

"我知道，当然了，我们知道，"方佳佳说。她看着这对奇怪的母女时，偶尔会用余光瞥两眼门口站着的黑人侍者，她说道："你们一定有很多要紧的事要做要办，不会跟我们这种闲人耗太长时间。"

少女看看李白，眼神越过李白又看了看许梦娜。她搓起她那有云石条纹的红润的手掌，所有人都安静地看着她搓手。直到方佳佳把一个苹果放到她手上，少女才停了下来，手托着胳膊肘咬了一口那个苹果。她一边转着苹果，一边转着头顶的帽子，最后把帽子转了下来，完美地落在茶几上的一块空位。她看着方佳佳，露齿一笑，又看了一眼李白和许梦娜，耸耸肩。

"上次聚会，我们很高兴你的到来。如果还有下次，我想邀请你们夫妇一起来。"许梦娜对李白夫妇说。

"我想知道他在哪儿？"少女问。

"当然，那一晚过得特别长，最后大家都有点儿累了。如果说有遗憾的话相信也可以下次弥补。"许梦娜没理少女，继续说。

"我知道你认识他。如果你不把他的联络方式给我，你知道你们俩分分钟可以被我们Kick-off（赶走）。I hate you, the fucking new money dogs（我讨厌你们，这些傻逼新贵狗）。"说这话的时候，她不再啃那个苹果。

李白和方佳佳愣住了，他们心里面正在紧锣密鼓地翻译着这句英文。

"注意举止。"许梦娜蹙眉说着，她压低了嗓音，威严异常，这是她处理危机时才会有的一种独特声音。接着她拾起了桌上的帽子，对少女说，"戴上它。"

少女接过许梦娜从沙发那头递过来的帽子，若无其事地弹了弹帽子底部，露出了一个反着光的东西，一个不明显的金属标签。她拨弄着那个标签，说："我是谁不重要，重要的是我爱谁。"

方佳佳看到了那个标签，她羡慕地看着，以为这又是她们有钱人定制的什么稀奇东西的标记，她眯着眼探着身想把帽子的品牌瞅个清楚。李白还陷在少女刚刚讲的那句话里，他的常态就是被别人的话拿住，可这次却是被一个小女孩。少女把帽子往空中一掷，她笑着扭了下头，帽子在腾空转了三个圈后不偏不倚地落在她小巧精致的脑袋上。反光物不见了，它突然暗下去，让方佳佳失去了知晓它不过是一个刻有"舒律"名牌的机会。

方佳佳欠欠身，看着坐在对面沙发上的三个人说："你们仨看上去倒挺像一家人。"

　　李白知道这是方佳佳一贯的做法，当她不是全场的焦点时她就会想办法撂一些狠话，让对方难堪之余也意识到她不好惹。这种技巧，或者说是策略更合适，早就成为他们日常生活的一部分。有时，她的话像一道不合时宜的白色闪电，从众人的头顶疾驰而过，不过从不击中任何人。没人在认真听她说话，她的话只是飞驰而过。

　　窗外阳光和煦，门口的"毕加索"咧嘴笑得开心。

　　"也许我们今天不该来的。但有一点我女儿讲得不假，住在红城山庄里的人不是永远可以住在这儿的，每年我们都会有相应的审核。审核过程，实话实说，非常严苛。"许梦娜说着站起身，李白也站起身。许梦娜没有转头，对他说："当然，如果李先生你想起来你朋友的联系方式，欢迎随时和我联系。"

　　"亲爱的舒太太。"方佳佳断喝了一声。

　　"律律。"许梦娜说。

　　"死了。"少女撇嘴说。

　　许梦娜说："律律，我们走吧。你爸这个时间应该快落地了，我们得赶去机场接他。"

　　"我实在是受够了。"少女三步就跳到了门口，她挎着黑人侍者的胳膊，说："Steven，你都比他们聪明。"

"哦对了，我们给你们带了件小礼物，毕竟是第一次正式见面。我让Steven帮你们抬进来吧。"许梦娜说完，朝门口的黑人随从轻轻挥了挥手。

那是一件大理石雕像，从黑人半蹲着用双手把它搬进来的姿势可以看出，它有一定的重量。黑人吃力地捧着它走，等他费劲巴拉地把这家伙搬到李白夫妇面前，方佳佳快速环顾了四周，她命令李白收走沙发旁大理石扶手台上的琉璃花瓶，"早跟你说不要摆那个塑料花瓶了。""那不是塑料的，是琉璃的。"李白说这话时已和黑人一道固定好了雕像的底座，他无可奈何地看了一眼方佳佳。

舒律站在门口哼唱一首没有词儿的歌，她嘴巴里在嚼着什么东西，呜噜噜地冲着黑人侍者说："走啦，Steven。"她的语气就像是在对自己的狗说话。

方佳佳和李白还坐在沙发上，他们谁都没跟舒家人说"谢谢"。等他们反应过来她已经走了的时候，他们开始盯着那件礼物发愣。这并不是一件大理石雕像，而是用铝合金做的，莫名其妙发着类似大理石的光，教人误以为它是某件传世久远的古董。正当方佳佳说铝合金材质很廉价的时候，他们在黑人一道搬来的装雕像的木盒里找到了这件艺术品的拍卖记录，开头是数字"3"，后面跟了五个"0"。方佳佳又想说"也不是很贵嘛"的时候，他们看到了价格的单位是"欧元"。他们同时听到了彼此喉咙中欲言又止的声音，那是一种比感叹更深邃、比不解更悠长的语气。

"把它还回去！"方佳佳尖叫道，她指着自己的肚皮说，"你儿子不喜欢这个东西！"

"不是说好了生女儿吗？"李白说。

她忽然站了起来，冲向门口，比刚刚少女的健步还要快。她疯了。她开始摇晃起头来。

李白也赶快走到门口。他顺着她的眼光聚焦在那张"毕加索"———一块口香糖稳稳地黏在了大笑的男人嘴上。

王寅来得不是时候，就在舒律刚走了没到五分钟。可以证明这一点的是，那块黏在"毕加索"嘴上的口香糖还带着余温。他不是被请进门的，如果不是钻了侧门外的狗洞（他和长脸初次碰面的地方），他入红城山庄不会这么顺利。快到春节了，山庄里开始准备过节的各种事宜。正巧保安队出了事儿，舒适不得不从伦敦赶回来处理一下。他们号称是全球安保系统最完善的社区，所有住进来的业主的每一块不动产都会得到保护。哪怕是一抔土，或一泡屎。

李白家在舒家人眼里只能算是贫穷，但在王寅看来，仍然散发着一种刺眼的优越感。王寅打量着他们三层楼的大房子，闻着玄关处亚麻布和油画的味道，穿过红红绿绿的染色玻璃客厅，摸到了浅绛色的真丝窗帘，这一切都让他不舒服。还有李太太方佳佳身上穿着的日式真丝女晨衣，它极其别扭地套在一件灰皱皱的防辐射服下面。在王寅看来，这就是他们婚姻状态的缩影。他见到她的时候，不自然地吸了下腮帮子，绽出一点儿笑意，说："你怀孕了？"

"怎么，谁规定我就不能怀孕了？"她说，"我们过得比你想象得好。"

王寅盯着茶几上的几个茶杯和一个吃了一半露出整个果核的苹果，他能感觉到它正在氧化。他说："这么早就有人来过了？"

"还说呢，她们送来了这个，喏。"她指指沙发一旁扶手台上的雕像，"有钱人送的这个玩意儿，看不出有什么好的，但是死贵。"

"没说为啥送你们？"他说。

"好像要找个人吧，她们左右暗示的，什么也不想说，又希望我们什么都知道。鬼知道她们母女在搞什么。老李一听说找不到人就要搬出这里，都吓得尿裤子了。这不，正在楼上'尿裤子'呢。"她说。

他们之间出现了片刻的停顿。那尊雕像的反光引起了王寅的注意，它的镜面上清楚地映着家中的陈设，可它的另一面却映着绿油油的灌木丛，有风吹动时会浅浅地露出排水的沟渠。王寅拿起了那座雕像，他要双手才拿得起，尽管这样方佳佳还是跟他讲了两遍"小心"。他们都在观察这件艺术品，都发觉自己被这反光的蒙着面纱的女孩吸引。

"你怎么来了？"李白用浴巾擦着头，从楼梯上走下来，他说，"原作是意大利雕塑家斯特拉扎的《蒙面纱的处女》，这是向原作致敬的当代艺术。"

"你怎么知道？"方佳佳说。

"网上可以拍照上传，一键找到原作。"李白说。

"这么说你家这个是仿品？"王寅说。

"不可能是假的，不然不会这么贵。"方佳佳凑到塑像面前，飞快地补充道。

"跟钱没关系，我再说一遍，这是当代艺术，讲究的是质料与内容两方面的革新。如果做一个跟前人一模一样的东西，那还做它干什么？"李白说。

"如果他们送我们的是原作就好了，感觉会更值钱。"方佳佳还瞅着那尊雕像，她的眼神热烈、真诚，仿佛通过这观看就能让雕像回到古典主义。

"我明白你的意思，你是希望别人直接送钱对吧，你又不懂艺术。"王寅朝着方佳佳眨眼说。

"你别以为我不知道你和老李干了什么？"方佳佳说。

"那你是想甩给我封口费，还是想买凶杀了我？"王寅说。

"钱！钱！钱！"李白狠狠抽了口气，抑扬顿挫地念着。

大门没关，客厅的两扇落地窗也没关，他们仨坐了下来，在穿堂风里平静地等着什么。王寅知道自己一个小时之后就要赶往北京南站，他要坐高铁回老家。南城的地下室已经退租了，房子里堆着的一些衣服、书、唱片统统没带走。他才想起来自己忘了墙壁上的那个小耶稣挂件，可他现在也来不及回去取了。方佳佳还是一如既往地不喜欢王寅，她讨厌大学时约会李白总要带上王寅，讨厌王寅在他们做爱时躲在上铺偷听，讨厌王寅在李白面前没讲过自己一句好话，还讨厌他在他们结婚那天没主动过来给她敬酒。总之，她看到他，脑子里闪过的都是这些画面。一阵大风过去，大门哐的一声被重重带上，王寅和方佳佳都吓了一大跳。只有李白抱着胳膊坐在他们中间。他异常地冷静，跟一小时前他坐在许梦娜和舒律中间的姿势不差分毫，眼睛都没眨一下。他思忖着要从哪里问起，话一出口就要让王寅就范，不能给他回击的机会。他倒上威士忌，喝了一小口，端着杯子也给王寅倒了一杯。

"看上去是好酒，谢了。"王寅说，"应景，适合告别。"

"你要去哪儿？"李白问道。

"回老家。"王寅说。

"为什么要走？这么多年了才觉得北京容不下你啊？"方佳佳问。

"我说过我会处理那件事。"李白说。

"天啊，你俩，真可怕。我就知道你会带坏我们老李，迟早有一天。"方佳佳说，她欲言又止地看着李白，屏住呼吸地看着他。

"你跟她说了是吗？"王寅说，"你都说什么了？"

"说得够多了，"方佳佳说，"多到我万分确信，你是杀人犯，所以我今天不能放你走。"

李白正在发呆，他的灵魂在关键时刻又不堪重负地开了小差。方佳佳从背后碰了下他的手臂。她的手指滚烫，吓了他一跳，差点把酒杯扔掉。

"你还好吧？"方佳佳说，"李白，你怎么了？"

"每次我听你喊他'李白'，我就反胃。他撒谎，你帮他织梦，你们还真是一对。"王寅说。

"你如果愿意的话，以后叫我'李丰收'也没问题。只要你开心，咱们下午去派出所把我名字改了也行。"李白说。

"什么'李丰收'？谁是'李丰收'？"方佳佳说。

"死的那个也不是你公公，你问问他，死的究竟是谁！"王寅从衬衣口袋里翻出一本封皮破烂的小书，摔到茶几上。那是本诗集，上面用红色标记笔歪歪扭扭地写了名字，名叫《反光》。

"这本是长脸的诗吧，我想帮他出版。"李白说。

"你是帮他出，还是盗用他的名？就像你之前对他做的一样。"王寅说着，跟一脸疑惑的方佳佳互相看了看。

"我听晕了，我能来杯酒吗？"方佳佳问。

"不能，你怀着孕呢。你忘了？"李白说。

"不，我要喝。"方佳佳自己走去酒柜拿酒。

"能不能不当着她说这个事儿？"李白拉低了嗓音，凑到王寅耳边说。

"你怕了？"王寅笑笑，"还是怕她？"

"我不想跟你吵，累了，感觉跟你吵了几辈子了，比跟我老婆在一块儿还累。"李白阴郁地说，"我比较感兴趣的反而是，你真心觉得长脸比我有才华？"

"我什么时候这样说过？"王寅说。

"上次在舒家的玻璃房，你被抬出去的时候。"李白说。

"你说啥呢，什么玻璃房？我那次是自己走出去的，没人抬我。"王寅说。

"哪次？你们说什么呢？"方佳佳试图插话。

"你是不是亲人家舒小姐了？这你总记得吧。"李白问。

"是她亲我，我解释了好多遍了，你硬是不相信。"过了一会儿，王寅又说，"我觉得你最好看看心理医生，你好像有什么地方不大对劲儿。"

"啊？你说什么？"李白喃喃道，他好像从恍惚中醒来，这已经是今早不知第几次了。

"王寅，刚刚来了一位舒小姐。她呢，就坐在你现在坐的地方，大概半小时之前，你进门前五分钟吧。"方佳佳轻蔑地笑着，瞥了一眼李白。

"什么意思？她来了？她人呢？"王寅快速地环顾四周说，"那她现在去哪儿了？"

"怎么，你还要去找她不行？人家舒老板回来处理公事，一家人可不得去接机吗？"方佳佳说。

"处理什么事？"王寅问。

"大概率是咱们那摊子事。"李白说。

"他们发现黑松树底下的东西了？"王寅咽了下口水。

"她们什么都没说，就说让我把你交出来。看这架势，兴许知道了你是主犯。"李白说。

"李丰收，你说这话就不要脸了吧，如果不是你打我，长脸上前劝架，你说说，长脸会死吗？"王寅从沙发上一下弹了起来，哆嗦着身子问李白。

"我不是没把你交出去吗，你急什么？"李白说。

"那是因为你亲爹在我手上，只有我知道老李的下落。我要是死了，你爹也活不成！"王寅说。

"稍等啊，你亲爹不是死了吗？什么老李，哪个老李？"方佳佳攥住李白的手。

李白摇着头，他快哭了，而且这次是热泪盈眶。

"不然我来告诉她吧。"王寅说。

"不，我来说。"李白抽出方佳佳的手，背对着她说，"老婆，这个事情非常复杂。你听我给你解释。但在我说之前，你要跟我保证你不会生气。你要为肚子里的孩子着想。"

"你快说。"方佳佳说。

"我……"李白又抽了一口气，在说完这句话之前他一直没换气。他说："王寅说得对，我本名不叫李白，我原名叫李丰收。我爸妈也不是什么知识分子，他们不是从上海插队到苏北的，我们一家人，我爹、我娘和我，我们三个，加上我爷爷奶奶和十几个伯伯，都是土生土长的苏北人。我现在觉得这没什么可耻的，可我年轻的时候，我刚到北京的时候，我接受不了这个事实。你不信可以问王寅，我在我们村，从小到大都是以神童著称的。来了北京，我怎么可能一夜之间就变平庸了？我的家，我必须是这种家庭出身才能解释我为什么能考上咱们大学，为什么能在大学四年一路优秀，你们俩一个就知道靠老爹，一个就知道睡觉，怎么可能明白我的生活？你们看到的只是水上面的我，一个所有人都看得到的我，你们之所以看得到，是因为我愿意展示给你们看。没有人问过我到底付出了什么，才能一直出现在你们的视野里。王寅，你现在来讨伐我，有没有想过我这么多年是怎么对你的？我有一刻不把你当亲兄弟看吗？对，没错，我可能没有那些文学天才有才华，但至少我努力啊，你不能指望我一下就变成陀思妥耶夫斯基吧！对了，还有方佳佳你爸，他根本不看书的好吗，只是因为陀思妥耶夫斯基的名字比托尔斯泰、高尔基名字要长，他就以为他比他们都厉害！瞧瞧你爸书房里那些连个指纹都没有的俄罗斯文学全集啊，我都替你爸害臊。我要是不改名，你根本就不会嫁给我！上海知青怎么可能给自己的儿子取名叫'李丰收'？这太可笑了。我不认我爹，他现在活着我真情愿他死了，一了百了。人活着遭罪，他活着连带着他和我两人都遭罪。而且现在，你怀孕了，要生下一代还会受他的连累。我不希望我的女儿是农民的孙子。为什么啊？你跟我解释解释，这是为什么！"

"你变了。"王寅低语说。

"我变了，当然要变。不变能住进这房子吗？我不编造我的家事，我们就连入住的门槛都不够。人家要的是世家子弟，什么意思，就是世世代代都是上等人的那种家庭。"李白绷紧上唇说。

"我知道你嫌弃我们，我和你爹。"王寅说。

"不是嫌弃，是无奈。你们根本不懂我。"李白说。

"你的变总有什么原因吧，万事万物都有原因。"王寅说。

"少跟我来这套因果论！人总能给自己的悲惨找到点原因。你厌食是因为你被父母抛弃了，你出轨是因为你儿时没吃母乳，你读书不灵光是因为你坐在教室最后一排，而且，你碰巧又是个高度近视。这都是些什么啊？我们杀人是因为长脸脸太长了？为了世界和平和真善美，我们必须要杀了他？"李白头顶的青筋爆了出来，他满腔热情地说着，仿佛有个人正在与他论战，虽然实际上并没有这么一个人。王寅还在努力听他的逻辑，而方佳佳这会儿已经晕倒在沙发上了。

现在，李白很难把现实与梦境分开了。他把指节掰得咔吧作响，他开始在客厅里踱来踱去，眼前闪光一些黯淡斑驳的影像：深不见底的谷仓、坐在稻田尽头的小男孩、木桥、凡士林盒子上的许梦娜、克利夫兰郊外的女人、湛蓝的伊利湖、正在发育的受精卵。一想到受精卵，他禁不住呻吟起来，脚步也走得更快些。它会成为她，拥有性别，慢慢长大。他会一直守在她身边，为她杀掉那些觊觎她美色或让她伤心的人。她应该长得很像他，或者她就是一部分的他。在没有她之前，他不用真正考虑别人怎么看他，他可以人前一个样人后一个样，也可以赖在家里整日写不出一句话。但现在一切都变了：他必须做些什么，留住他现在拥有的一切，并且还要为她而争取更多的东西，他要她出生时就带着普通北京小孩的优越感。她必须也一定会成为这个山庄的骄傲。到那时，舒适会热情地与他握手，向他请教育儿经验。他当然会比舒适更成功，至少在教育这一方面。最好的证据就是，他的女儿绝不可能在大

新 贵

庭广众之下亲一个破落户的嘴。这太要命。

"你不能走。"李白满脸通红，不停搓着手对王寅说。

"我得走了，不然真就赶不上火车了。"王寅开始收拾。

"你不能走。"李白说。

"我们之间没什么好说的了。以后你好自为之吧，你爹的住址我上车了发给你。你把他带回来，好好照顾。"王寅说。

"你不能走！"李白重复着，情绪有点儿失控。这时，方佳佳醒了，她把手肘支在茶几上，一动不动地盯着他们俩。这两个男人在她的注视下，不约而同地站了起来。

"你不能走！"李白抓住王寅的胳膊大声喊道，"你得对长脸负责，人是你杀的！"他接着笔挺地站到他面前，鼻子贴着鼻子那么近，悄声说道，"你以为你回老家了就万事大吉？你想得美。在警察来之前，舒家人就会找到你！你别想拿我爹当挡箭牌！"

"你以为他们会为了区区一个保安来追杀我？你想太多了吧。"王寅说。

"不，不，他们不是为了长脸。他们就是要你死，惩罚你，因为你破坏了他们的游戏规则。这个社会的规则从来不是你表面上能看到的那些，什么法律、伦理、道德啊，统统胡扯。真正的规则是住在山顶的那些人说了算的。你根本看不到，不可见，就像舒适！可能压根就没这么一个人！"李白说。

"你松开我的手，不然别怪我动手。我数三秒。"王寅说。

"一、二、三，"李白飞快地念完了这三个数字，他忽然笑了，大声说，"你看，你根本不会把我怎么样。我们是兄弟，认识了一辈子的兄弟，我知道，你不会的。"

"三。"王寅开始倒数。

"无论如何，你不能走。"李白重复着说。

"二。"王寅说。

"一。"李白和王寅齐声说。

"都别说了！"方佳佳说完这句话，传来了一声巨大的闷响，好像有人在微波炉里加热了原子弹，一个不小心把整个星球引爆的那种声响。

王寅不再说话，他睁着眼倒在血泊中。他被"蒙面纱的处女"击中的后脑勺正在不断向外迸着姜黄色的液体，那是他的脑汁。李白蹲下来把他放到沙发上，他突然觉得很伤心——不是痛心，只是伤心——于是他也不再说话。他觉得"绞尽脑汁"这个词最适合形容此刻的王寅，但他还在纠结，这究竟是一个成语还是一个俚语或者根本只是一个普通的四字词。

"沙发！"方佳佳尖叫起来，"你，快把他给我弄走，不要毁了我的沙发！"在她暴跳如雷的前一秒，她喊道，"很贵很贵很贵！"

李白的嗓子眼发出"喏"的声音，但他并没有开口讲什么。他的注意力转移到方佳佳手里还握着的那个"蒙面纱的处女"。血让那个少女更明亮了，她反着红彤彤的光，每一根发丝犹如血管一样熠熠生辉。"哦，难以置信，我竟然用了'红彤彤'和'熠熠生辉'这种没有深度、没有灵魂的形容词，充其量是小学语文课文的水平，哈哈哈，我果然是俗。"李白想着便笑了起来，他的左耳发出一阵嗡嗡声。

在那之后，万籁俱寂。一阵风吹过，突然有树枝在颤动，隔壁家屋檐上掉下来几块雪。然后，又归于寂静。

第十七章　禅学随笔

　　维克托·阿特伍德，1976年生于俄亥俄州洛兰。儿时就曾在美国青少年戏剧中心学习舞台剧表演。1994年首次在纽约青少年戏剧节登台演出，饰演《麦克白》中的麦克白。该剧同年在英国伦敦与法国巴黎巡演，斩获大批女性粉丝。在上演了二十多出戏剧后，因个人家庭原因决定退出戏剧舞台。他的收官之作将会是这部《禅学随笔》。

　　苏珊·乔姆斯基，1991年生于汉普郡朴次茅斯，曾就读于牛津大学。大学期间，她创办了牛津女性话剧社，以女性身体为剧场语言反抗伦敦地方剧院男性主导的现状。她曾提出"阉割焦虑不过是男人应该遭受的最小焦虑"等女性主义宣言,她希望身体力行地让更多"直男癌"从业者焦虑。她同时是一名编剧,2017年凭借《呵呵呵呵》夺得艾美奖喜剧类最佳编剧奖。她将在《禅学随笔》中饰演主人公Mr. Bailey的妻子。

李白是从地铁上坐在他身边的老太太手上看到这条广告的,老太太看他看得入神,赶忙把报纸立了起来。她似乎在以这种高傲的姿态告诉他,"可不要小瞧了我们伦敦老太太,我们可不是只会玩刮刮乐和数独游戏!"李白感到一阵挠心的尴尬,"不就是一张报纸吗,有什么大不了的。"

事实上,这出戏是那一年那个月最红的戏。李白天蒙蒙亮就到东伦敦的阿科拉剧院门口排队,他在雨雪交加的天气下足足排了两个钟头的队,不断有印度人手里抖搂着票过来询问,排在他前面的扛不住冻的老头就给他身边的老太太买了一张,然后他们速速离开了。"好像买到票就能保暖似的,真奇怪。"李白心想。

这也是他们一家搬到伦敦之后,他第一次去剧院买票。按照他们邻居一对香港夫妇的说法,伦敦剧院往往都是排下午的队买晚上的票，很少有一大早就排队的戏。可能是太火了吧。伦敦人对与东方有关的任何事都充满了热情，正如他们的东方主义历史中充斥着英国人扮作中国人的故事，亦如他们狂热地爱着中国城那几家不好吃的川菜。那部剧的英文名叫 *The Story of Zen*，直译成中文是《禅的故事》（李白并不知道这就是英国人从北京小剧场买走的他的那部《禅学随笔》，英国人聪明地将"李白"改成"Mr. Bailey"）。他想，*The Story of Zen* 听上去太惺惺作态了，禅能有什么故事呢？何况还有那么多种不同流派的禅。李白闪过了几个跟北京有关的念头，闪过没有具体模样的"无位真人"，但他很快阻止了它们的蔓延。他出门前吃了药，蓝色的一片，黄色的两片，红色的应该吃两片但他介于副作用会使人昏昏欲睡就只吃了一片。他每天都按时服药，情绪已经日趋稳定。吃药可真好，他还能有一些意想不到的收获，例如：他每天有大把空闲时间来陪伴家人，他变得很听老婆、孩子的话，哦对，他还能在严寒中站这么久。这就是西酞普兰和氟西汀（抗抑郁的药）的功效，他感到人性自内向外地升华，"哈，我正在成为一个更好的我！"

　　《禅学随笔》公演的那天晚上，李白早早把女儿托付给香港邻居。这是只属于他和老婆的夜晚，他们很久没有享受过二人世界了。昏暗的剧场，座无虚席。伦敦口音在这个场子里占了绝对主导，偶尔会有一些苏格兰口音、爱尔兰口音出现，但那些口音总是绵绵细语，轻悄悄的。他和方佳佳没有暴露北京口音，他们没说话。在拿着激光手电筒的剧场工作人员的指引下，他们顺着红点找到了自己的座位。他们牵着手坐下。很快，喜欢迟到的伦敦人来了。一家四口挤了过来，从李白和方佳佳的正面过去，他们像四张同花顺一样安插在了李白的左侧，然后这一排就坐满了。

那一家人中年长相的男子，估计是爸爸，对自己哥特扮相的大女儿说："听说女王也来看这出戏了，就在首演的时候。"大女儿的鼻子、舌头上都穿着孔，但她说话依旧很清楚，"呃，老爸，你又来了，女王女王女王，你做梦都在跟女王约会。"男人的脸唰地一下红了，他瞅了一眼坐在另一头的中年女人。那个中年女人正搂着小儿子看手机，大概在追一部电视剧，演的还是跟女王有关的故事。红色法兰绒帷幕拉下来时，她收起手机，瞪了一眼大女儿，让她不要再吧唧吧唧地嚼口香糖了。大女儿吐掉口香糖，就吐在李白新买的牛津鞋的正前方。李白在接下来的两个小时内，硬邦邦地坐着，一动不动，他生怕跷个二郎腿就会打扰到那块口香糖。他观察着舞台上的一男一女两位知名演员，同时也暗中窥视着他身边的这一家人。一切都是那么流畅自然，两个演员丝毫不像连续公演了十几场的状态，听说他们在结束伦敦首演之后还要去美国，去男主角的家乡。李白听到他身边的那家人，妈妈问爸爸知不知道男主角的事儿。"什么事？""我大学同学不是在他们剧团工作吗，据说男主角睡遍了整个剧团！"爸爸顿了一下，他刻意用唇语告诉妈妈，"不要当着孩子们的面讲这些！"李白都看到了，他看得很高兴。这让他的目光回到舞台上时，更专注于男主角的演绎。男主角是一个小城市出身的诗人，一个配不上女主角的流浪者。他的演技细腻、精湛。在他独自面对女主角时，眼底忍不住流露出深切的温柔，那眼神是装不出来的。李白笑笑，跟他老婆耳语说，"咱们打赌吗？他俩肯定有什么。"

直到剧情的最后，男主角在松树下跟女主角告别，他才终于向女主角敞开心扉。他念了一首诗。女主角听后愣住了，她冷静地走下台去，向道具组的人借了一把铁锹（台下灯光太暗，也许不是负责道具的，总之是一个拿铁锹的人）。铁铲太重了，她想抢却抢不起，只好蹒跚地拖着它上台。观众屏住呼吸瞪圆眼睛看她，她笑着，一步步走到舞台中央。她看了一眼观众，竖起食指做了一个"嘘"的动作。男主角还在等她，他的小腿肚正在愉快地抖着。她在他的期许中加快了步伐，终于走到半跪的男主角面前。她哐当一铲子下去，结实地砸在男主角脑门上。男人还来不及说话，甚至连"嗷"都没出一声，即刻倒地。全场只听得到女主角的喘气声。

接着，李白遽然站了起来，"Bravo（太棒了）！"他兴奋异常地喊着。更多的观众跟着他站了起来。掌声骤响，此起彼伏不绝于耳，比剧团之前任何一次公演都要更热烈。李白身边的一家四口也站了起来。在雷震般的叫好声中，哥特少女拉了一下他爸爸的衣角，说："那个男的好像死了，你看他的头，就像被挖掉一大半的冰激凌，真恶心。"李白听到了少女的话，正准备探身看个清楚，却一脚踩上了刚刚那块口香糖。恶心在一瞬间席卷他的大脑，这时，他听到有人在喊："死……死……死人了！"

2019年12月16日于美国罗德岛

恋爱中的女人

一

我认识小满是在春节过后的一个饭局上。

那天北风连雪带霾地一起刮，吹到人脸上干辣辣地疼。

局上有三个圆桌。每个桌上二十几个艺术家围着一个冒着热气的小型电磁炉，搓着手等待着水开。

小满起初站在墙角上一动不动。后来她看人们来全了，满座了，她才往桌上去。她迈的步子很小，像猫走路踮着脚。她走到我这桌，坐到了我的正对面。这一路也就五米，每一步都将在场的许多人抓住了。那许多人，眼睛仿佛本就统统生在她身上。

　　我不知道怎么形容她的样貌，我周围的这帮艺术家也不知道。那就是真有一种人，她的美是在任何语言之上的。你甚至不能用美来定义她。我想说，她眉眼间有一脉令人见之忘俗的水秀，可顿一顿再想，总觉得这话也还是不够。她穿了一套驼色的羊呢大衣，里面是一件米白色的薄绸吊带裙。她刚坐下不久，一个策展人就走过来略显生硬地搂住她的肩，跟我们所有人介绍说，这是他刚领证的媳妇，名叫小满。闪婚。他说完，深凹的两颊上拱出一个微笑，然后心满意足地看看小满。小满的一双乌黑的大眼睛凝神专注，目光蕴藉，是那种略一颔首就在人群中立马显影的模样。

　　三个桌上三个电磁炉陆续开了，咕嘟咕嘟。众人开始举杯，有人起哄要这对新婚小夫妻当众啵一个。离我们最远的那一桌已经有人要过来敬酒了。我们旁边的那桌，有一位用筷子敲着桌板，另一位在吹口哨。

　　"我……"小满大概说了这么一个字。她的策展人老公的嘴，带着尝过红油汤底和火锅底料的味道，半推半就地撞上了她的唇。

　　伴着再一阵助兴式的欢笑，他们又亲了两次。

那些喝彩的人当中自然也有喝倒彩的。坐在我身边的汪泡泡就是一例。她手里抱着一条米白色的小泰迪，瞪着这对燕尔佳侣一直叹气。我问她，认识这个姑娘？她说，何止是认识。这姑娘最初从川美毕业刚来北京时，最先到她这儿拜的码头。小满小满，欲求不满。汪泡泡说这话时，下巴有意识地上扬，显得颧骨格外高。别人私下里都把她比作是七月里的大太阳，烈不可当，说出来的话全是细节，又刀片一样格外凌厉。泡泡跟我说过很多人的坏话，利欲熏心的，见风使舵的，过河拆桥的，还跟我分析过哪些藏家是真有钱，哪些是装有钱，哪些人家里有多少财产，当过什么官，娶什么人为妻，妻子家又有什么权势，诸如此类，零零散散，没有一万也要有一千。北京艺术圈忽然来了一个新人，还是个明艳动人的美女，她这颅顶的雷达一下子又亮了起来。

认识人，先给人归类。这是汪泡泡的名言。她颇为自信地把小满归在褒姒、妲己、飞燕、太真那一类女人里面。女人长得好看，横竖都是个祸害。也是因为这个原因，她发现小满和张冬冬好的时候，她说她一点也不吃惊。小满两个月没去她家里跟她聊展览方案，她就猜到了这小妮子一定是傍上了新靠山。张冬冬那时还有老婆，他中学的同班同学，后来跟她一起创办了画廊的许楠。张冬冬和许楠的婚宴，汪泡泡十年前也参加了。当时就请了一桌平时玩得好的亲友，只有策展人和艺术史学者，一个艺术家都没有。那时候，亲友们举杯庆祝他们夫妻从法国留学回来，祝福的话里无不带着对青梅竹马的艳羡。才子佳人，喝酒，喝酒！那时候，汪泡泡还是个在798小画廊里当门面的小职员，整天跟在策展人屁股后面转。她记得张冬冬刚回国来，穿一身褐色的皮夹克配一双黑色的牛津鞋，说起话来中文里总不免夹着些英语、法语的单词，可他却又评价得到位，对艺术非常敏感，所以汪泡泡当时就对张冬冬下了定义：冬冬这小伙子灵跳过人，将来必定有大出息。

张冬冬这天穿了一身布衣唐装，虽是浓眉高鼻却因两块涨起的双颊而全然失了轮廓，他的一副圆框眼镜不是架在鼻梁上，而是架在他脸上的横肉上。喝酒，喝酒！张冬冬在招呼客人的时候，小满一直跟在他身后，替他扯平衣角，听他指挥。他们敬到我这一桌时，正赶上火锅锅底烧干了。张冬冬一手揽住我的肩膀，一手吆喝远处的服务员过来加汤。他喝多了，绣织的唐装袖口甩荡甩荡的，他跟我碰杯，然后问我："您是？"

汪泡泡赶忙介绍我，说我是刚从美国布朗大学留学回来的美术史家。

"我姓周。"

"哦，周老师！"

"周老师。"小满跟着说。

"快跟周老师请教一个微信，得把周老师服务好，人家才会提携我们！"

小满有点尴尬地掏出手机。

"我扫你？"我说。

"我扫您。"小满弓着身子说。

就这样，我和小满加上了微信。

那天半夜，酒局散了之后，我回到家，刚一进门就收到小满发来的信息。那是一张画。她用铅笔线稿画了一个女孩，这女孩一丝不挂地坐在一个大瓷碗里。瓷碗的底下有些正在燃烧的炭火。整幅画都是黑白的，只有瓷碗是琥珀色的。我问她画的是谁？

她没有答我。

二

艺术圈从来都不缺美女。皮相好看，一举手一投足都露出万种风情的女人，没有一万，也有八千。可骨相好看的，伸腰、蹙眉、啪摸眼甚至连吧唧嘴都好看的女人，汪泡泡说只有许楠这独一份。许楠不多言不多语，家里有个做外交官的爸爸，从小就游历全球，到了紧要的场合，从不揪出一两句外文来。跟她老公不同，她只是平和地说着再普通不过的普通话，用大家闺秀那种妥帖、中听的声音讲述一些夸赞她老公的话。这些话又透着妥帖，虽都是些家常的话，关于他们是怎么好上的，张冬冬中学时成绩有多好，第一次约会是在哪个酒吧的哪场表演上，定情信物丢了之后又怎么找回来的……我没见过一个人那么如数家珍地回忆她的过去，好像早已将另一半当成自己的孩子。

汪泡泡介绍许楠给我的那天，穿了一身崭新的纺绸裙，她佝着背，学着许楠说话的方式讲起来她和张冬冬的故事。我们是上附中的时候好上的，美院附中和一般的高中挺不一样的，四年制比较长，大家都远离父母住校，时间和思想都比较自由，然后冬冬这坏人就瞄上我这个玉女了。许楠笑了。她捧着一个银碟从厨房出来，碟子上摆了一个佛手柑和一些掰碎了的柚子和石榴。许楠从这里接上，她说不是张冬冬看上她，是她先喜欢上张冬冬的。张冬冬画得好，一张普通的大卫像，寥寥几笔下去，身后就开始围上人来。后来，附中老师的教学反而不那么吸引人了，全年级的同学都围在张冬冬后面，他画一笔，大家也跟着画一笔。一个三角形的矩阵。乌泱乌泱的人啊。许楠又笑了，发上别着的一朵金蔷薇随着她的笑颤巍巍地抖动着。

从她家出来之后，汪泡泡告诉我，这玫瑰发卡是张冬冬送她的结婚礼物，说是当时用大家的份子钱凑起来买的。十年前他们刚从法国读完回来，日子很拮据。喜宴上吃不完的，许楠都要偷偷打包带走。许楠是个好女人，好到让人不知道怎么聊下去。汪泡泡本想着来看看许楠画了什么新作没有，为她办个展览，解决一下生计问题。但我们瞧着许楠满面推出的笑容，和谈起前夫就抑制不住的亢奋，便又什么都不敢再问。我们踏出她院子已经十几米远，她仍站在门框前向我们挥手，还说下次等冬冬回来了再聚。

她双手合抱在胸前，像一座庙里被人荒弃已久的观音。

张冬冬回不来了。尽管他们美院附中毕业时一起接受采访的录像带还被从前的班主任拿出来当着全校播放，视频中张冬冬对19世纪末20世纪初启蒙主义思想家的青年进步论充满质疑，他还说："这只是一种政治策略，从文化的角度来说什么叫'进步'？这是真的'进步'吗？他们只不过是在成功学的角度上对自己的文化失去了信心，谈不上有什么深入的思想。所以你看中国近代一路走来都是文化变革，只不过是穿越和利用了文化，重点其实还是在革命上。真正的青年用不着别人评价，应该有自己独立的判断，而且真正的青年也不是用年龄来划分的。"接着镜头一转，许楠留着娃娃头、带着一种女婴才有的娇憨，红着脸说："雏鸟的价值，幼鸟的价值，是仍有被驯化、被助长的才能。所以我同意冬冬说的，青年只是生命过程的阶段性。"

我把这段录像视频拿给张冬冬看，问他还记不记得那些画面。他说怎么可能不记得，许楠就像是他的左手，始终出现在他的视线内。那些画面也会没日没夜地回放：15岁，他在附中操场看见一个和男孩子打篮球的光头少女；

18岁，他们一起把10个空酒瓶和两辆自行车扔进后海；20岁，他们租住在大学附近仅有20平方米的小平房，用在街头画人像速写挣来的5块5毛钱买了西红柿、鸡蛋和油条，做了一顿被他们称为"托洛茨基落难"之后才会吃的无产阶级晚餐。说从来没有过矛盾都是假话，只不过年轻时的矛盾都不是什么要紧的矛盾，过一段时间两个人又好了。一起画画，一起吃饭，一起上晚自习，直到他们从美院毕业，一起去了法国。去法国之前，他们终于迎来了人生第一次与对方的争吵，许楠的父母叫她一定要回哈尔滨，要她放下绘画，开始新的人生。他们搭长途火车来北京找她，谈到了老家的工作和医保，谈到了亲戚帮她找好的相亲对象，谈到了人生在世短短几十年曾经做过一件喜欢的事情已经足够，还谈到了画画，他们让她不要再画了。可她告诉他们她会开始新的生活，只是她现在必须要跟张冬冬在一起，她希望他们能理解。这件事一直像根刺儿一样扎在张冬冬心里，他始终觉得自己亏欠许楠，尤其是在他们去了巴黎后不久，许楠的爸爸因脑梗去世，许楠的妈妈因为悲伤过度而得了精神分裂，整日整夜地需要人看护。那些日子里，张冬冬陪在许楠身边，加倍地对她好，包圆了家里的所有家务。他还会帮她洗澡，用从大中华超市打折季抢购的搓澡巾帮她擦洗身体，洗到不能再干净了，她还是一言不发。他们默默地等着彼此先说点什么。直到有一天，许楠单手捂住嘴巴，眼泪汪汪地指着楼下的车叫嚷起来。她指着他们阁楼下的一辆德国牌照的车子说："那个笼在车上面的车罩是坏东西。"

"什么坏东西？"我问。

许楠生病了，张冬冬说这话时格外平静，她坚持说那个车罩下面藏了一个不会讲法语的小男孩，他前天晚上已经被关在这个小汽车上了，他现在应该不是闷死了就是饿死了。

许楠说："嘘，这是我妈妈告诉我的。"

三

好一阵子没见许楠，再见她时她突然显得喜气洋洋，青白的薄脸上都泛起一层红光。汪泡泡告诉我，许楠最近又开始画画了，她遇上了一个在燕郊开美术馆的富二代。一个比她小的年轻藏家。没等我问，张冬冬就打电话来请我去给许楠掌掌眼，他有意在这藏家的美术馆给许楠办个个展。

那组画我看了一下，几乎没有一张是好画。这样说难免有些武断，而且对一个病人来说这可能是致命的。但我还是跟许楠说了，她夸张地大笑起来，随后喃喃自语、点着头从我身旁慢慢走开，仿佛在梦游似的，飘到了一个西服浆洗得一个褶都没有的男人身边。他随即拉起她的手，"很不错吧，"他欢快坚定地说道，"我知道这次大展一出，所有人都会为她的才华折服。"

这个藏家名叫陆吉士，与《莎菲女士日记》中的凌吉士只差一个字。同样的，这个男人也是从哈佛归国，无条件地拜倒在一个女人的石榴裙下。如果说许楠被这男人说不出、摸不到的丰仪煽动着心，那么凌吉士也好、陆吉士也罢，就要无条件地献上他的心。这种叫什么吉士的男人，面上青白干净，嘴上说得最多的却是些没人在乎的话，什么冬天穿香港的开司米毛衣、秋天穿日本的和服绣花睡袍、夏天穿印度的丝绸泳衣，既是啰唆也是炫耀，很难想象他是发了什么神经恋上了翡翠罗汉一样的许楠。陆吉士买断了许楠所有的画，而且那些早年被欧洲小藏家低价收入囊中的作品也被他统统召集了回来。那些画,每张里面都有树,可那些树又不遵循自然生长,歪七扭八的,每一根枝条看起来都不一样。当我和陆吉士同时看向某张大画中的树时,两种眼光浑然交织,然后又立即错开。

"我感受到了您不喜欢许楠的这些画,您强烈的反对。"他说话时重音放在后面,带着外国人说中文时的独特腔调。

"那倒没有,但是别让我写评论,我不知道怎么写合适。"我说。

"许楠的树,既出其不意,又平易近人,一个人如果认真去看,一定能从她的画中得到什么令自己高兴的东西。"

"你呢,你得到了什么东西?"我问。

"我们经常用'如果'造句,像是如果我们能回到十年前,我们会做些什么。我想我只会做一件事,那就是找到许楠,然后告诉她,她画得有多好。好的作品是可以为人打开一个通道的,当然作品也会选择那些读得懂它的人,一次谨慎的相互选择之后,天选之子会看得到画背后流动的那些……"

"物质。"我说。

"不，不只如此，还有一些已经失传了的没人愿意传承的东西。你看许楠对世界的理解，她的那些永远深灰的颜色是如何将那些彩色的树，慢慢慢慢渗透出来的。她在等待一个时刻的到来。那些树与树像人的躯干一样纠缠在一起，它们永远相连，注定要改变彼此。"他斜视着我，露出一副希望我听得懂他这番论述的表情。他崇拜许楠，十年如一日的那种崇拜。

"还好她等到了你。"我说。

我对着画上的树呆看了一会儿，一些体态丰盈、倨傲地讲着八卦的女藏家们拽走了陆吉士，我大概听见她们叽叽喳喳在说，她们在某个画廊晚宴上碰到了张冬冬，这个张冬冬是如何当众甩了新老婆一个耳光。我循着声音转身去找，看到许楠被这群富婆围了起来，她的表情像是在一头雾水中彷徨，或者是在她笔下那种墨绿色的迷雾中摸索。这些故事对她而言应该都是搅扰思绪的杂音，那一刻，我很心疼这女人，感觉即便有个陆吉士出现，她仍旧深陷在前任的情感旋涡中。她越是不自觉，越惹人疼惜。她脆弱的神经像一艘小船在丝丝分明的柳枝下穿梭。晚上

吃饭的时候，她坐在我身边，偷偷问我："你希望自己长大以后成为一个诗人，还是一个情人？"

"谁的情人？"我说了这句话之后立刻后悔。

宴会散场时分，汪泡泡不知道从哪儿冒了出来，一把拉住我说，张冬冬和小满离婚了。闪婚，闪离，快到很多人根本都不知道他们领了证。汪泡泡继续说，话语间充满了兴奋，她说，刚才那些富太太们都把打人的场面给补全了，你知道张冬冬为什么打人吗？他发现这祝小满过去是他策展的一个艺术家的情儿。其实是情儿也没问题，谁还没段不堪回首的往事呢？这问题就出在这姑娘老住在画室，整夜整夜地不回家。结果你猜怎么着？好死不死的，张冬冬就在去拜访这个老艺术家的路上遇到了祝小满。这姑娘一大早从这老艺术家工作室里出来，你说能有什么好事？好家伙，这张冬冬当场就不干了。从那艺术家花园里铲土机上卸掉一块改锥似的玩意，拎起来就把这老艺术家的门给捅破了。这两人结婚才一个多月，怎么就能捅出这么大个娄子？她思考了一会儿，然后给这件事下了个定义：越是闪婚，越容易闪离。想象一辆车装满了干草，满满当当地从田野上飞速地向前驶去。开车的人以为满载的是一皮卡的幸福，任凭车后的干草上下跳动、左右摇晃……不翻车就算是奇迹！不知名的路面石子，不需要很大，就足以掀翻一辆车。很多夫妻都是这样，偶然撞到路上的一个小石块，抱着侥幸心理觉得这次肯定不会翻车，结果就翻车了。

那天晚上，我搭许楠的车回市区。我看不清邻座的许楠，高速路上的灯光在她的脸上忽明忽暗，从鼻峰中间开始，一半在微光的山谷，一半在黑暗的沟壑。她问我觉得陆吉士怎么样的时候，我正要开口问她觉得婚姻对她意味着什么。我们同时回答。她摸着自己的鼻子，手指慢慢滑向自己的人中，她的人中细而长。她笑的时候总是忍不住用手摸向那里。她说，婚姻是什么并不重要，但它不能是不真实的。比如说，一场婚姻最后的结果很有可能是资产的清算，两个人因为一套房子而对簿公堂，但是这不是它的核心，婚姻真正想告诉你的是你们永远失去了共同拥有那套房子的资格，而那房子代表着某种抽象的希望。有人认为自己的前夫会在未来的某天回心转意，哪怕她的前夫只是要回家找一本书或者一条内裤，家，他都会回到他们原来的家。那么，她的等待就不是徒劳的。她将那只放在人中上的手缩了回去，觑起眼睛，兀自观赏着她一把水葱似的雪白手指，还有窗外一闪而过的亮堂地方。她说，你瞧，那是一汪水泽。

四

每次跟老贾在一起都像洗了个热水澡，把积郁都冲掉了，因为一切都有了目的。小满向我解释她和张冬冬的分居时，反反复复都是这句话。

老贾是全球最大画廊代理的唯一一个中国艺术家，他不笑的时候像一个俄罗斯军火商，笑起来像一个美国阔佬，他的牙齿大且白，没有终年抽食烟酒留下的黄渍，与他那一代的老艺术家一点儿都不像。我第一次见老贾是在他位于东山墅的大房子里。他在一个设备齐全的美式厨房里忙活，动作粗笨而缓慢，明显看出他很少下厨。他说要给我和小满露一手。可他却连灶台怎么打火都搞不清楚。他手边的一个玻璃橱柜装满了内行才懂的苏格兰威士忌，另一个装满了包装还没拆的厨具——一组三件套的蒸锅，一口阔口的炖鱼的锅和一个榨汁机。从厨房的窗户看出去是其他别墅的厨房，里面都是金银双色的炊具，还有一些包着锡纸的管道和晾衣绳。我转回头，老贾的灶还没有打着。这位笑起来特别慈祥的老艺术家看着我，小声说，这个家以前都是他前妻来料理的。他只懂得喝威士忌，不过现在他在认真戒酒。实际上，自从跟小满在一起之后，他们每天一起锻炼、一起吃沙拉，连抻筋的瑜伽动作都一起做。如果不是我来，他们大概不会生火做饭。

火迟迟没有打开。老贾给他的助手打了电话，助手又给物业打了电话，才发现这个别墅太久没人住，燃气费欠了一年的。我们三个最后还是吃了冰箱里的沙拉。老贾说，小满总在提醒他，自己已经到了随时可以去见上帝的阶段。他的糖尿病史，他的湿疹，还不多加小心的话，他的饮食习惯也会加重病情。春秋两季，湿疹严重到他整晚痒得睡不着。伤口恐怖地黏在羊毛袜子上，像是羊羔流的鼻涕。临睡前小满帮他脱袜子时，他腿上一半的皮肤都会跟着被揭下来。这种病，虽说是发于肌肤，疼起来却是钻心蚀骨的。这隐痛，从没出现在他的画中。实际上，家中没有一张画。分家之前，能卖的都卖了，卖不掉的统统给了他前妻。空白的墙面上，画框的痕迹仍然清楚可见。这些画好像存在着，只不过是被抽空了实体，留下一个壳，一个影子。我们仁坐在客厅中央扒拉各自盘子里的沙拉时，墙上空着的画迹像是一组音律，Do，Re，Mi。老贾看了一眼那面空墙，他说从前画多的时候总是留意不到这些画，现在它们全被搬走了，他反而有点怀念了。不久之前，他才把这一组三张的绘画送给了一个特别好的朋友。他说，这有点像看自己的旧照片，18岁、38岁与58岁的自己，他不清楚这是如何发生的，他只知道他再难认出从前画那些画时的自己。不过他仍记得自己画画的时候那种喷薄欲出的情感，他身体内有东西在聚集，就像那湿疹一样慢慢连成一片，有种不可抗拒的力量。他的画中，最寻常不过的人物，一个洗脚的老妇，一个仁立在村口的疯子，一个眼睛死死盯着垃圾桶的拾荒者，他们来了，但他们不讲话，只是匆匆地走进画面。这些人都正在完成一些最平凡不过的动作。他现在仍在与这些人打交道，他说这有点像婚姻，它的解构建立在情感最强烈的时期，之后却一去不复返。

　　画完了，就再也没有那种感觉了。

　　所以要不断地画，让人物留在自己的生命里？

它终究跟婚姻不一样，绘画是件无始无终的事。

小满推着老贾到花园里去时，我才发现老贾的湿疹已经让他的下半身动弹不得。一阵凉风迎面吹过来，把小满的上衣撩开了。老贾转头用手护住她的肚子，轻轻地。

他们的事很快就闹得人尽皆知。有人说，祝小满第一次到老贾家，就把老贾家上上下下估了一个价，目光所及之处都能置换成真金白银，几千块的香炉，几万的印章，几十万的山石，几百万的明式家具，几千万的画，这小丫头可是贼不走空，插上毛比猴子还精。他们将小满形容成一个"惯三"，先是"三"了张冬冬的家庭，又来插足老贾的婚姻。他们说她刚下海当"雏儿"的时候，就跟着金大班似的老鸨学了一身捉男人的本事，那一身的风气，抖落了，只消一个眼神，男人就掉了魂。她大概为许多恩客打过胎，人家的太太找上门时，她却忸怩着结巴着一句整话都说不出。他们骂她在该背CK的年纪偏偏恋上爱马仕，他们说她高攀不起。而对于老贾，众人只有怜悯。他们说他是老房子着火，说他在状声仿效自己年轻时的呼唤，妄求听见自己的回声。老贾对小满，那轻轻的说不上是爱或者算不得是爱的感情，对于这帮看客而言都是致命的。艺术圈像是安了玻璃镜的露天书场，不仅台上的说书人颦笑都反映得清楚，连底下观众也都照得清清楚楚。他们不允许这两人之间有任何，哪怕一丁点儿的真情实感。他们拒绝接收这两人结婚的邀请函，哪怕这两人压根儿就不准备给圈内人发邀请。汪泡泡不知道从哪里听说我去过贾、祝二人的新居，赶着给我打了一个电话。她在电话里交代说，张冬冬和祝小满这件事上我必须站队，拎不清的人没法在圈子里混。我笑了，我说我回国来本就是陪太子读书，可有可无的一个人。谁是太子？汪泡泡显然没明白我的意思。她让我等着看，张冬冬马上就要有动作了。

到了那个月下旬，天气开始转凉，我在许楠家见到了张冬冬。他那天穿了一身很薄的牛仔裤和红色T恤。他的手缩在裤兜里，我进门的时候只有许楠招呼我，他瞥了我一眼，待我坐下之后也没跟我握手。桌上放着一瓶喝到一半的啤酒，他告诉我他戒酒了，但他说这话的时候还闷了几口酒。我不知道该跟他说什么，我猜他想问我小满的近况。最后还是他先主动提起小满，他叫她"那个婊子"。他说，那个婊子这回是玩真的，要跟那个姓贾的老酒鬼过下去。老贾最近靠卖画有了一笔横财入账，一直说要跟她一起在三里屯北区买下一家带小餐馆的酒吧。白天卖咖啡，晚上卖酒。我劝他不要再喝了，我说这话时特意看向许楠，许楠正在厨房给张冬冬煮醒酒汤。我能闻到客厅空气中弥漫的葱姜、香醋、麻油、红油、胡椒粉混合的味道。许楠端来这醒酒汤时特意给我也盛了一碗，她放下碗垂手深思的姿态看上去一点也不像个病人。张冬冬用的是一个四方的瓷碗，我的是一个玻璃小碗。她告诉我，家里很少来客人，碗筷向来是他们夫妻一人一个，没有多余。我随口问起她和那个陆吉士的事，他最近怎么样，他平时不常来吗……可我的话音未落，张冬冬就把他的碗啪一声摔在我的碗上。他摁着我的肩膀问，你是不是他们派来的？他不容我分辩，就从兜里掏出一摞钞票，一张张地甩在那两碗打碎了的汤里。他边甩边数出声来，一百，两百，三百……许楠开始哭了，她跪了下来，呼吸时忍不住地喷气。她看起来很瘦、很苍老、精神不振。九百，十百，十一百……张冬冬数乱了，他随便抓了一把钱又重数了一遍。等他把手里的二十多张钞票全都甩出来后，他长吁了口气。他搂住了许楠，下意识地拍着她的肩膀，就好像他也不知道这一切是怎么回事。等他开始喝那碗凉透了的醒酒汤时，他说，那个姓贾的早年卖画的时候也抵不住把钱甩他脸上的诱惑。实际上，当别人一百两百三百地把真金白银砸在你脸上，根本不需要一千美金，这人就垮了。精神和意志力都崩了。从自己的手摸到钞票一角的那一刹那，或者根本是闻到味的那一秒，这人就不是人了。他是机器啊，他以为他自己是印钞机！张冬冬吼完了这些话，倒头扑在沙发上，昏睡了过去。

五

平常人过四季，艺术圈的人好像只有春秋两季。间隔在春与秋之前的是等待春拍与秋拍的焦灼的心。老贾的身体已经不允许他出国了，他也不想去香港看春拍。对他来说，过去几十年重要的作品早就进入收藏终端，市面上缺乏足够多的好作品来刺激市场，就算是他罕见于世的小作品不幸流拍，他也认了。所以他听说我要去香港看春拍时，既没有交代什么任务给我，也没有留给我什么期望。他只是提到尖沙咀的一间药房，有专治他湿疹的日本药卖，让我有空帮他买几盒。有空就买，没空就算了。这句是他唯一叮嘱我的话。老贾年轻时常遇到人问他如何运作他的画，怎么就能让他的画被拍卖行相中，带到香港，带到美国，然后流转到外国知名美术馆和大藏家的家里。他被人问得多了，也养成了一套回答的习惯，有时兴致来了还真能跟对方解说一下这里面的门道。但日子久了，他说得越来越少。谎话、假话都像是说给自己听，到头来糊弄的只有自己，这是顶没劲的事。他没说过他究竟有多少个藏家，他自己也许已不记得了。他对那些藏家，记得的不是他们固定资产有多少，也不是他们在太平洋哪个海域拥有一座岛，他是用画作来连接与这些人的关系的，他甚至不记得他们的名字，但却能叫出他卖出去的每一张作品的名字。

这次，我到了香港之后才得知，陆吉士家里有不少老贾早期的大画。陆吉士说，他父亲去世以后，他才接手了这批画。他不像他父亲那么喜欢现实主义题材，他对老贾的东西不怎么感冒。同样的价钱，他宁愿全买许楠的画。他要卖"老贾"换"许楠"，为此趁着春拍开始前在家里举办了一个私人晚宴。晚宴桌上没有嘉宾的名牌，银质的刀叉中间摆的也不是碗碟，而是一本当季的拍卖图录。客人们入座必须先从图录看起，有心仪的作品就要马上跟主人家说。陆吉士是从他父亲那里学的这一套，上流社会的宴会永远只是一个助兴曲，没人会真的在乎吃的是什么牌子的鱼子酱，喝的是哪个年份的拉菲。有的客人只看了一眼图录，马上就掏出手机来发短信。那人发完信息之后，还跟陆吉士隔着我和许楠相视一笑。大几千万的钱，就这么在弹指一挥间从我们面前流过。没抢到作品的客人悻悻然嚼着菲力牛排，没等甜品上桌就已经嚷嚷着要走。这是明显不高兴了。那些捡到宝的人自然是满面春风，还不痛不痒地问这朋友为何不多待一会儿。我一仰脖子干了许多杯酒。隔着酒杯瞅他们的模样，就像是大蓝湖里昂着头浮水的鸭子，水面上波澜不惊，连个水花都没有，水下却是一对鸭蹼使劲扑腾。不知怎的，我把这句话当众说了出来。桌上的所有人依旧故作镇定地看着我，他们的眼神极不友好，这让我看起来像个傻瓜。周老师，许楠开始叫我的时候，我发现我还在讲有关鸭子的故事。

许楠第二天在拍场上遇到我，她说我昨晚看起来很伤心，喝多了还不让人扶，三脚两步一阵风似的下了楼，撇下她和陆吉士扬长而去。我说我很少这样，我可能是想起了以前的事。以前？对啊，我说我不该去美国，不然我老婆也不会跟我离婚。她笑了，她说她刚跟张冬冬分开的时候也常想，如果她毕业时就回了哈尔滨该有多好，如果他们当时没去法国该有多好，后来她又想如果他们后来没回到北京该有多好。他们的爱情最终变成了一块石头。《笑林广记》里的那种，烧也烧不烂，煮也煮不透，急得小和尚一脑门子汗。她笑了。几乎同时，第一张画被两个带着白手套的外国人捧了上来。屏幕上显示这张画是格列柯的作品。许楠说，这是一张假的《圣母升天图》。我说，你怎么知道？她挑挑眉，依旧盯着大屏幕看。下一张画来了，依旧是格列柯的《圣母升天图》，构图几乎一模一样，唯一不同的只是装裱的画框和一点微弱的色差。她朝我咧着嘴笑说，这张画还是假的。她的道理是，拍卖会上藏家见到一张假得不得了的东西，再见一张看上去有点真的东西，大概率就会把后者当成是真迹。果然，这张品相好一些的"真格列柯"受到台下买家们的哄抢，潮水一般的举牌者络绎不绝地出价，拍卖师的小锤几次想落下来却又抬了上去。坐在后台的拍卖行雇员不停地接着电话，说着各种语言和各路方言，他们脸上挂着笑反复地问，这可是格列柯啊，您确定要买吗？还跟吗？再加一口？目前是十亿五千万美元，那张假画最后拍到了将近二十亿的天价。我看到坐在前排的陆吉士几次举牌，过了千万美金大关之后又收回了手。一锤定音，圣母升天，全场掌声雷动。我正准备要走。陆吉士正要转头寻找这张画的买家时，眼睛扫到我，就跟我对视打了个招呼。过了几个小时，我问许楠她这煮石疗饥的苦行僧一场下来有什么收获？她说，嗨，石头还是没煮开，既是石头怎么可能切得动，切得动的又怎么会是石头？不过老贾的画倒是赶上了"白手套"，全卖了。

　　这个事本来对老贾是个好消息，但这"好"撑不过半天，那天晚上就有人在朋友圈里爆料了这次拍卖背后的猫腻。张冬冬就是这个人，他一口咬定老贾这次"白手套"是假拍。他截屏保存了自己在雅昌艺术网上看到的一则新闻，用红笔标出了这消息发布的时间——20时09分，而在十分钟后老贾的一件《虞美人》才以1200万元落槌，时间定在了20时19分。张冬冬发到朋友圈时，翻来覆去地讥讽说，如果不是北京和香港有时差的话，没有任何其他可能性来解释这消失的10分钟了。他也因此一口咬定，老贾的作品还没上拍之前就已经把托底操作的拍卖价格提前透露给了拍卖行。不然怎么解释，成交前10分钟就已经发在网上的千字新闻？昭然若揭的事，总归不会是什么好事。张冬冬逐个字校看了一遍，那条新闻足足有2500字。他当即宣布老贾这次"白手套"是和拍卖行合谋的一个局，他甚至质疑老贾所有艺术作品的价格，他认为就凭老贾的能力，他的价格就应该是在几十万左右，但目前动辄上千万的价格里的水分太多。虚价也好，做局也罢，诸如此类的艺术圈乱象并非什么稀奇。令人不解的反倒是，张冬冬为什么这时候站出来充当起"业界良心"？他这一招拆局如拆婚，圈内人都知道这是要伤阴骘损阳寿的。这波风浪起来之后，一些拍了老贾作品的买家开始后悔了，他们迟迟不肯付款。他们最初给的说辞是等做局的流言过去再说，可几周过去，他们见风头不但没减反而更盛，便都忙着跟老贾撇清关系。他们中有的人，手中有十几张老贾的画，从前是天天以此吹牛，到了这会儿却着急忙慌地把老贾的作品清仓。

陆吉士到底还是年轻，那些已经谈拢的生意、送出去的老贾的画又被原封不动地退了回来，他看着家中客厅一字码开的"老贾",倒抽着气哽咽了起来,整个人看上去像是一只装满欲望的气球不小心被人戳破了。许楠后来跟我说,张冬冬这一拳未必打中了老贾,倒是真毁了她和陆吉士的感情。谁能想到一把没有刃的刀,却是如此伤人。陆吉士原本已经算好了用这批老贾的作品去推一把许楠,他还要用这笔钱来填他的亏空——他认识许楠之前,流连于澳门赌场欠下的千万赌债。他坐在拍卖会上当天,放贷给他的人、他的叠码仔也来了。这帮人把粗大的双手抄在衣襟下坐着,文身挡在袖子里,乍一看有了文明人的样子。他战战兢兢地回头看他们,这才不巧与我四目相对。陆吉士后来告诉我,他不是那种诓骗女人感情的男人。原本他和许楠的婚事已经酝酿得相当成熟,女方的疯病(他称许楠的病是"疯病")也因为他渐渐好了起来。他在这时候忽然打退堂鼓,势必成为整个艺术圈的笑柄。他在乎名声,他不能做出有悖他身份的事。因此他觉得自己作为男人必须对许楠有所表示,他决定给许楠一笔很客观的分手费。但又因为手头紧拿不出现金,于是他只好给了许楠一张老贾的画作为补偿。据汪泡泡这样轻嘴薄舌的人说,这桩婚事原本也是八字没一撇,陆吉士家人根本不认许楠，他们听说她结过婚已是多有不满，现在一听说她的前夫是张冬冬这么一个拎不清的愣头青，更是不赞成他们草草结婚。

张冬冬这通乱拳没打死师傅，老贾和小满那边没听见什么风浪，倒是许楠，好了一半的伤口再次被撕裂。弄丢了陆吉士这桩婚事的许楠，很快住进了北大六院。陆吉士听了这个消息，什么都没说。他只是特别嘱咐我，如果许楠不在家，让我代收一下他赔给许楠的那张画。我接到他电话赶到许楠家门口的时候，我发现屋里有人。我敲了两下门，来给我开门的不是别人，正是张冬冬。家里的房间全部重新布置过，他把一切有颜色的东西都移走了，只留下白色。许楠的那些既像人又像树的抽象画，一张都找不到了。他迎我进门的时候，棕黄色的皮肤上面布满长长短短的皱纹，他好像一夜之间老了几十岁。他称我作"周兄"，引我坐在一面煞白的空墙下面。过了一会儿，送画的人来了。张冬冬像是早有准备似的，帮着来人把这画挂在了我背后的墙上。画上了墙，我和张冬冬几乎同时愣住。画中女子的幽娴，被一阵风捕捉到。她的脸上荡着的笑意，被一阵风吹散了，有一缕头发披到脸上来，她手上拿着书和笔，只好低下头来躲避那风，好像在等那风过去了，才好把头发扶到耳朵后面。我的眼睛遇到张冬冬的眼睛，两人目光都颤动了一下，我们知道，这画中人正是小满。

六

做艺术的人通常会有一个误区，画家以为通过描绘一个女人就能拥有她，被描绘的女人以为她被他画了就意味着某种永恒，还有那些看画的人，总是迫不及待地守着一张画想要看出画家与被画者之间是怎样一种关系。具体的、实在的跟人真正有关的爱，反而被悬置起来，成了最不值得关心的东西。

我和汪泡泡一起去看过许楠两次。说实话，她的状态不太好。她的指甲几乎被她自己咬秃了，跟我接触的绝大多数时间是不认识我的，但到我要离开的时候，她却忽然醒悟过来，抱着我的脚好像为她铸成的大错而感到万分后悔。她恳切地说她错了，让我带她回去，回家。为了许楠，我延期了回美国的计划。我在走之前试图把一切都安排好，其中就包括安排张冬冬来探望许楠。他没说拒绝，只是表示最近没空，这一周他都要留给祝小满。这很奇怪，我以为他早就跟小满断了联系，不和她与老贾来往了。他却说，他在汪泡泡的生日宴上又撞上了小满，她竟然跟从前一模一样，一点儿也没变，他回到家看着画觉得无论如何都想不明白。他以为她离开了自己，理应如春花凋零。她在汪泡泡的酒局上对他提起，"下周见"，但是没说究竟是周几见。

后来他们在北海公园湖上泛舟的轶事，原本的情形却是我一手撮合成的。我在岸上看了一会儿，他们像是若无其事地寒暄了一阵，然后就划起桨来了。第二天，祝小满一早来我家找我。她手里攥着一张白纸，摊平了给我看，她说这是昨天张冬冬硬塞给她的。那张纸上一个字没有。我说，大概事到如今，张冬冬也不知道该怎么面对你吧？小满重新折上那张纸，"哦"了一声便走了。没几天，她就从老贾家搬了出来，带着这一封无字情书与一些日用品住进了张冬冬和许楠的家。

他俩旧情复燃的信息瞒不了人，很快整个圈子就都知道了。这次很奇怪，对于故事的几位当事人，张冬冬、祝小满、许楠、老贾还有陆吉士，看客们都不敢评头论足。只是有一点，要是许楠出院了，她该跟谁住？张冬冬的犹豫没撑过半天，他在帮小满整理行李时看到她包里的结婚证，站在小满身边的还是他，上面写着的还是他的名字，那一刻他好像才从这番闹剧中抽出身来。他觉得此刻他再接纳许楠算是顾念旧情，不接纳也合理合法。这个托词想好了，可惜却没了用武之地，许楠在小满进门一个月后就死在了医院。汪泡泡告诉我，许楠是突发心脏病，一个女人得了精神病又有心脏病真是太惨了。

葬礼是在陆吉士的画廊举办的。画廊中央放着的是一具胡桃木制成的棺椁，可里面盛放的却是许楠的骨灰。许楠生前的画，围着棺椁挂在大厅的四周。那些画作中恣意生长的树木，现在看起来像是妖怪般讽刺。嘉宾们一个个鞠躬，以陆吉士打头，张冬冬结尾。最后轮到张冬冬时，他抽出裤兜里提前准备好的悼词，颤颤巍巍地念了起来。"许楠女士生前共画下256张油画作品，她的画作神秘，暗中带着一股狠劲，她的情感，模糊不清近似暧昧……这次展出的皆是许楠的杰作，您能感受到她作品中没有性感色彩和风骚举动，时刻体现着她是一个感性和单纯的女子。

而，这里的扶贫可谓是一项系统复杂的社会进步工程，需着力长远，持续发力，方能久久为功，这是凉山脱贫攻坚的特殊意义。正因为如此，当地干部群众称脱贫攻坚为彝区的"第二次解放"，这是我们实现社会均衡发展、实现全面小康目标的必由之路。

我们也深切感受到，从国家到省州，在对待凉山脱贫这件事情上，始终有啃硬骨头的定力，意识到这是全国脱贫攻坚最为艰苦最为困难的地区，持之以恒，精准施策。各级领导干部带头蹲点，去最偏远的乡、看最贫困的村、访最贫困的户，凉山州每位干部在深山都有"穷亲戚"；各级干部都有永不懈怠的韧劲，把帮扶作为自己的历史责任，尽锐出战，不胜不休；他们与凉山群众一道风雨同舟，勠力同心；干部群众有决战决胜的勇气，使出"绣花"功夫，一户一套办法，从种什么到怎么种，从养什么到怎么卖，全程帮助，推动了凉山大变样。

在时间的钟摆里，三河村原有的生产生活方式，乃至社会结构都有了一定程度的崩解，产生了适应新时代的正向变化。在物质层面，三河村实现了"两不愁三保障"等基本的目标；而在精神层面，三河村的村民们有了更宏大的"野心"，有了更为直接的目标指引，这样的变化才是最鼓舞人心的，这是确保三河村持续变化的最大驱动力。

无疑，有两种驱动力来得最为直接，对原有生活状态的"破坏力"惊人。一是三河村的壮劳力外出务工，他们目睹外面世界的日新月异，了解了社会发展的信息，自然而然对自己的民族、自身的状况有所反思，推动了自我革新，推动了家庭的变化，带动了村庄风气的变化。这种学习是横向的，借助社会发展的磅礴力量，势不可挡，滚滚向前。我们记录的郑吃合、洛古有格等都是这样的情形。另一个就是从头开始的对下一代的学校教育，让下一代全面对接现代文明与社会发展，与传统时代落后的东西彻底决裂。这是长远的治本之策，凉山砸锅卖铁都要办好教育，其理就在这里。这两种力量的交汇点就是社会单元——一个个的村庄。村庄有了眼前和长远的内生驱动力，就有了兴旺发展、不断向前的力量。

如果把三河村的变化归纳为所谓经验的话，就是这几年各种艰苦卓绝的努力告诉三河村人，生活是可以改变的，是可以像百多里之外的西昌人、更远的成都人、各种发达地区的人那样生活的。想要过上那样的生活，必须依靠自身勤奋去创造。教育并引导群众自力更生、艰苦奋斗，激发群众的主动性创造性，集众智、聚群力，形成"九牛爬坡，各个出力"的工作格局，这便是三河村乃至凉山扶贫的最佳路径。

今天，这样的努力已经见到成效。三河村人的努力、三河村的变化浓缩在小小的村史馆里。建设村史馆，就是要教育后来者，三河村是如何走过来的，我们记录的意义就在于此。通过这样的村庄，管窥凉山的变化；通过这样的村庄，看见中国的变化。借助这样的村庄，我们见证脱贫攻坚的波澜壮阔；借助这样的村庄，我们读懂万千变化、日新月异的中国。

编著者简介

主编： 刘伟

高级编辑，光明日报社原副总编辑，中南大学中国村落文化研究中心教授，太和智库高级研究员。曾任人民日报社西藏站、山西站负责人，新华社西藏分社、山西分社社长，新华社人事局局长。出版小说集《等待蓝湖》，长篇散记《苍茫西藏》，长篇纪实《十一世班禅坐床记》等多部作品。

副主编： 纪红建

文学创作一级，中国报告文学学会理事、青年创作委员会副主任。著有长篇小说《家住武陵源》，长篇报告文学《乡村国是》《哑巴红军传奇》等二十余部。获第七届鲁迅文学奖、第十五届精神文明建设"五个一工程"奖特别奖、第二届"茅盾文学新人奖"等，系中宣部"宣传思想文化青年英才"。

作者： 李晓东

主任记者，光明日报社四川记者站站长，1998年5月起一直在新闻战线工作，历任四川教育电视台（现四川电视台科教频道）制片人、新闻部副主任，四川日报绵阳分社社长，光明日报社四川记者站副站长、站长等职。历经了汶川特大地震、芦山大地震、九寨沟地震等新闻战役的考验，亲历了灾后重建、脱贫攻坚等重大事件洗礼，撰写了诸多有影响力的新闻调查、人物长篇通讯等作品，见诸《光明日报》《今日中国》《中国民族报》《四川日报》等报刊。

图书在版编目（CIP）数据

三河水暖/李晓东著. —长沙：湖南教育出版社，2020.6
（十村记：精准扶贫路／刘伟主编）
ISBN 978－7－5539－7572－6

Ⅰ. ①三… Ⅱ. ①李… Ⅲ. ①报告文学—中国—当代
Ⅳ. ①I25

中国版本图书馆 CIP 数据核字（2020）第 094783 号

十村记：精准扶贫路——三河水暖
SHI CUN JI：JINGZHUN FUPIN LU —— SANHE SHUI NUAN
李晓东　著

总 策 划	黄步高　刘新民　黄永华　徐 为
策 　 划	杨 宁
出版统筹	杨 宁　徐夏楠
责任编辑	丁泽良
装帧设计	肖睿子
责任校对	王怀玉　胡 婷　任 娟
出版发行	湖南教育出版社（长沙市韶山北路 443 号）
网 　 址	www. hneph. com
微 信 号	湖南教育出版社
电子邮箱	hnjycbs@ sina. com
客服电话	0731－85486727
经 　 销	湖南省新华书店
印 　 刷	湖南省众鑫印务有限公司
开 　 本	710 mm×1000 mm　16 开
印 　 张	18. 5
字 　 数	240 100
版 　 次	2020 年 6 月第 1 版
印 　 次	2020 年 6 月第 1 次印刷
书 　 号	ISBN 978－7－5539－7572－6
定 　 价	75. 00 元